인도, 음식으로 말하다

조금만 알아도 인도 음식이 맛있어지는 이야기

인도, 음식으로 말하다

글·사진 | 현경미

ㄷㄹㅁ

이 책은 인도의 요리법을 소개하는 책이 아니라 뉴델리 인근을 중심으로 한 인도 음식에 관한 에세이이다.

사람들은 왜 인도에 빠져들까? 싫어하는 사람도 있지만 한 번 제대로 빠진 사람들은 헤어나지 못하기도 한다.

인도에 처음 도착한 순간 시간 개념에 혼돈이 온다. 장작으로 불을 피워 음식을 만드는 19세기 사람들과 휴대전화로 길을 찾는 21세기 사람들이 공존하는 낯선 나라. 지금까지 지녀온 관습, 통념, 규칙 등 모든 것이 인도에서는 부질없다. 되는 일도 없고, 안 되는 일도 없는 이상한 시간의 흐름 속에 나 자신을 맡긴 채 고정관념을 버려야만 여행이 가능하다.

시장에 사람이 많다는 것이 뭐가 특이하랴만, 인도에서는 다르다. 영화 속 세트장에 사람들을 쏟아 부어 놓은 것처럼 비현실적으로 사람들이 많다. 수많은 사람들 속에서 '나는 누구인가', '무엇을 찾아 이곳에 왔는가' 같은 생각을 하면서 누가 시키지 않아도 끊임없이 철학적인 사고에 빠져들며 운명이라는 두 단어를 떠올리게 된다.

길거리에서 손으로 음식을 맛나게 먹는 사람만 봐도 '아~ 인도는 뭔가 달라도 다르구나' 하는 느낌이 오고, 사람들 틈에서 걷다 보면 영화〈스타워즈(Star Wars)〉에 나오는 괴상한 행성 어딘가에 살며 시작도 없고 끝도 없는 우주를 여행하는 시공간여행자가 된 기분도 든다. 그렇게 멍하게 거리를 돌아다니다가 문득 깨닫는다. 그래도 밥은 먹어야겠다고. 어디서 무엇을 먹으면 좋을지 고민에 빠진다.

서양 음식은 우리에게 많이 익숙해져 있어 두려움의 대상도 아니고, 서울에서도 쉽게 접할 수 있기 때문에 유럽이나 미국을 여행하는 내내 거부감이 그리 크지 않다. 그러나 인도 음식은 아직까지는 우리에게 생소하다. 향신료의 대국답게 한 음식에 30여 가지의 다양한 향신료가 들어가기도 하고, 콩으로 만든 '달'은 된장과 비슷해 보이지만 그 냄새는 익숙지 않아서 선뜻 손이 가지 않는다.

발걸음을 옮길 때마다 바닥에 앉아 있던 파리떼가 일제히 날아오르는 기현상을 눈으로 직접 보면 노점상의 비위생적인 모습에 기겁을 하기도 한다. 특히 길거리 음식은 생김새는 특별하지 않지만 워낙 안 좋은 이야기가 많이 떠돌고 있어 덜컥 겁부터 난다. 인도 배낭여행자의 블로그에 단골

캐롤바그(Karol Bagh)에 있는 작은 슈퍼마켓.

손님처럼 등장하는 것이 바로 상한 음식이나 오염된 물을 마시고 생사를 넘나들 정도로 심한 배탈을 경험한 이야기이다. 나 역시 인도에서 먹고사는 문제가 가장 힘들었다.

한번은 냄새 나는 시장통을 헤매고 다니다가 발견한 노점에서 예쁜 체리 한 상자를 산 적이 있는데, 집에 와서 열어 보니 맨 위에 한 줄만 체리가 들어 있고 밑에는 온통 신문지로 채워져 있던 일도 있었다.

어느 날 문득, 추억의 보따리 속에 꾹꾹 눌러 담아 구석 어딘가에 처박아

78년된 유나이티드 커피하우스.

놓고 더 이상 풀어볼 일이 없었던 이 모든 이야기들을 정리해서 한 권의 책으로 묶어봐야겠다는 생각이 들었다. 『인도, 신화로 말하다』를 출간한 뒤 지인들과 함께 인도 식당에 갔을 때 인도 음식 전문가에게 조언을 구하듯 내게 질문하는 모습을 보며 막연하게 인도 음식 이야기를 하는 것보다는 인도 여행 시 실질적인 도움이 되고 싶었다.

두 자릿수에 불과했던 인도 음식점이 이제는 수백 개가 넘어 동네마다 있을 정도로 보편화되었다. 인터넷에 검색해 보면 서울에서만 400개가 넘는 인도 음식점이 나온다. 집 근처 백화점 푸드코트에도 인도 음식점이 생겼다. 만병통치약처럼 사용되는 커리의 원료 강황 이야기부터, 현지 아니면 절대로 맛볼 수 없는 지상최고의 과일 망고, 맥주 한 잔이 생각나는 탄두리 치킨, 우리나라 솥밥과 비슷한 브리야니, 뉴델리 현지인들이 다니는 시장 정보까지 다양한 인도 음식 이야기가 있다.

이 책에 대해 정의해 보자면, '조금만 알고 나면 맛있어지는 인도 음식 이야기'라고 할 수 있다. 여기 소개한 내용 정도만 미리 알고 여행을 가도 현지 식당에서 주문하기 편하고, 익숙한 맥도날드만 찾게 되는 일은 없을 것이다. 서울에 있는 인도 식당을 가거나, 인도로 여행을 갔을 때 이 책이 조금이나마 도움이 되길 바란다.

2020년 새해를 맞이하며 … **현경미**

| 차례 |

인도에서 김장을?
델리 최대의 식자재 시장

— INA 마켓

2007년 5월에 처음 인도 땅을 밟은 지 10년을 훌쩍 넘긴 2018년 2월, 다시 찾아간 델리의 INA 마켓은 10년 전 모습과 크게 달라진 것이 없었다. 질척거리던 시장 바닥이 깨끗한 타일로 마감되어 있다는 것만 빼면 외관이나 시장 내부에 자리한 상점들은 거의 그대로였다. 인도국립항공사(Indian National Airways)가 있던 곳이 시장으로 바뀌었기 때문에 올드델리에 있는 찬드니 초크(Chandni Chowk) 근처의 유명 시장들과는 달리 역사가 오래되지 않았다. 시장 바로 앞에 주차장이 있는 것만 봐도 최근에 새롭게 조성되었다는 사실을 알 수 있다.

관광객보다는 델리 현지인들이 주로 찾는 INA 마켓은 정찰제라 바가지 쓸 염려가 없고, 여느 시장들과 달리 지붕도 있고 복잡하지 않은데다 한국

INA마켓 안에 있는 한국인이 자주 찾는 채소 가게.

산 식재료들까지 구매가 가능한 곳이다. 배추, 무, 시금치, 부사 같은 것들
도 손쉽게 살 수 있어 현지 거주 한국인들이 자주 찾는다. 얼마나 한국인들
이 많이 찾는지 "배추 있어요", "시금치 좋아요" 하고 외치면서 종업원이
짧은 한국어로 호객행위를 한다. 특히 김장철이 다가오면 약속하지 않아
도 시장에서 지인을 마주치기도 한다. 인도에서도 김장은 주부들에게 가
장 중요한 일 중 하나다. 날씨가 그래도 선선해지는 12월 초부터 가정에서
는 김장을 시작한다. 그때 이외에는 한국산 배추가 나오지 않기 때문에 때
를 놓치면 김치를 담글 수가 없다. 김장은 한번 담그기가 어렵지 일단 담가
놓으면 몇 달은 반찬 걱정 없이 지낼 수 있어서 좋다. 그러나 희한하게도

생긴 것은 우리나라 배추와 똑같은데 익으면서 김치가 물러지는 경우가 많다.

나 역시 해마다 김장을 했다. 아무리 외국이라도 한국인이 김치 없이는 살 수 없다. 태어나기 전부터 몸속에 각인되어 한국인의 DNA를 결정하는 것이 김치인지, 지독한 마약처럼 세상 그 어디를 가더라도, 무슨 수를 써서라도 한국인들은 김치를 담근다. 그렇게 소중한 김치를 인도에 오기 전에 팔고 올 수밖에 없었다. 내가 담근 김치를 다 먹기도 전에 서울로 돌아와야 했고, 김장철이 지난 뒤에 도착한 한국인은 김장을 할 수 없기 때문이었다. 서울에서라면 말도 안 되는 이야기일 것이다. 김치 한두 통 그냥 이웃에게 나눠주면 될 것을 야박하게 팔다니 말이다. 그러나 인도에서는 그냥 김치가 아니다. 그 어디서도 살 수 없는 대체 불가능한 식품인 것이다. 그러니 아무도 "김장김치 좀 그냥 주세요"라고 말하지 않는다. 오히려 다른 사람에게 팔지 말고 꼭 자기에게 팔아달라는 말을 들었다. 그런 면에서 INA 마켓은 델리에 정착하는 한국인이라면 꼭 알고 있어야 할 중요한 시장이다. 올드델리에서 가장 유명한 향신료시장인 카리 바올리는 몰라도 여기는 꼭 알아두어야 한다.

그중에서도 유독 발 디딜 틈 없이 붐비는 채소 가게가 한 곳 있는데, 그곳 종업원들은 항상 빠릿빠릿하고 일처리에 실수가 거의 없다. 한국인의 급한 성질을 알아서인지 꾸물거리는 직원도 없다. 또한 그들의 탁월한 암

각자의 자리에서 일하는 상인들이 모습.

산실력은 혀를 내두르게 만든다. 어느 날은 혹시나 하는 마음에 직접 계산기를 두드려 보았다. 20여 가지가 넘는 품목을 사도 암산으로 금방 계산을 끝내던 매니저를 의심해서였다. 인도 사람들이 단골손님까지 조금씩 속이는 습관이 있다는 것을 알고 있었기 때문에 확인해 보고 싶었다. 결과는 소수점 두 자리까지 완벽하게 맞아 떨어졌다. 인도에서 숫자 0이 발견되었다고 한다. 인도의 수학은 구구단이 아니라 19단을 외우는 것으로도 유명하다. 어느 가게나 대부분 암산으로 척척 계산을 끝낸다.

이곳에서 우리나라 시장과는 다른 모습을 하나 볼 수 있다. 그것은 바로 닭이나 생선을 손질하는 방법이다. 우리는 커다란 도마 위에 닭을 올려놓

일하는 대부분의 사람들은 남자다.

고 칼로 내리치면서 해체하거나 생선을 토막 내는데 그들은 우리와 완전
히 다른 방식을 사용한다. 집에서도 도마를 사용하지 않듯 여기서도 그렇
다. 그들이 사용하는 칼은 본띠(Bonti)라고 하는데 작두를 열어 세워 놓은
모양과 비슷하다. 작두날을 'ㄴ' 자로 고정시켜 놓고 그 위에서 닭이나 생
선을 분리한다. 그리고 잘게 잘라진 닭 껍질을 손질할 때는 발가락 사이에
과도 절반 크기 정도의 칼날을 끼운 다음에 다시 껍질이나 지방덩어리를
제거한다. 처음 봤을 때는 묘기를 부리는 것 같아 신기해서 보고 또 봤던
기억이 난다.

　채소 가게 외에도 넓은 마켓에서는 다양한 제품들이 거래되고 있는데,

우리나라의 초코파이나 신라면 같은 외국 제품부터 인도 여성들의 옷인 사리(Sari)를 만드는 천까지 없는 게 없다. 마켓에서 가장 유명한 상점은 채소와 생선, 가금류 등을 파는 곳인데 처음 마켓을 찾았던 5월에 얼마나 극심한 냄새가 났는지 글로는 아무리 설명해도 부족할 지경이다. 숨이 턱턱 막히는 더위, 에어컨 시설은커녕 하수가 그대로 흘러 질척이는 바닥, 앵앵거리며 귀찮게 달라붙는 엄청난 파리까지……. 17개월 된 아기를 안고 장을 보는 일은 그야말로 전쟁이었다.

매번 집에서 한 시간 이상 떨어진 곳으로 장을 보러 다닐 수는 없었기 때문에 괜찮은 시장을 찾아 나섰다. 사람들은 우리나라 마트처럼 쾌적한 시장이 없을 거라고 단정 지었지만, 사람 사는 곳 어디나 비슷할 텐데 설마 한 군데도 없으랴 싶었다. 사실 델리에는 대로변에도 상점이 거의 없다. 울창한 가로수와 저택들이 보일 뿐이다. 주택가 안쪽으로 들어가야 상점을 볼 수 있는데, 그마저도 간판이 크지 않아 모르고 지나치기 일쑤이다. 그렇지만 의지의 한국인인 나는 포기하지 않았고 마침내 크고 작은 몇 곳의 괜찮은 상점 찾기에 성공했다. 그중에서도 가장 자주 들렀던 곳은 'Big Bazaar'라는 체인형 슈퍼와 주택가에 자리 잡고 있던 'Arjun Marg'였다. 채소, 생선, 옷 등 다양한 물건들을 살 수 있고 아기를 데리고 장보기도 편리했으며 나중에는 베이글을 판매하는 카페가 생겨 일주일에 두세 번씩 찾기도 했다.

10년 전에는 주로 배추와 부사를 사러 갔던 INA 마켓에 이번에는 사진을 찍을 목적으로 갔다. 여전히 복잡하고 냄새 나는 곳이었지만 알 수 없는 향수에 젖게 만들었다. 그곳에서 일하는 사람 중 99퍼센트가 남자인데, 키 큰 동양인 여자가 쉴 새 없이 셔터를 눌러대니 모든 사람들의 시선이 내게 쏠릴 수밖에 없었다. 이런 식으로 요란하게 사진 찍는 것을 싫어하지만 단시간에 빨리 끝내고 싶어 많은 양을 찍는 것으로 승부를 냈다. 평상시라면 보통 한 곳에서 2~3컷만 찍는다. 많이 찍어서 마음에 드는 작품을 골라내는 것도 큰일이니까 꼭 필요한 사진만 몇 컷 찍으면 된다는 주의였지만 여기서는 그럴 수가 없었다.

다행인 것은 어느 누구도 화를 내거나 얼굴을 찌푸리지 않았다는 점이다. 오히려 어두우면 불을 켜주었고, 사람 키만큼 큰 생선이 있으면 사진 찍을 수 있게 생선을 높이 들고 있기도 했다. 어떤 이는 한 술 더 떠서 "이 시장에서 가장 잘생긴 사람이 저 사람이니 사진을 꼭 찍으라"고 깨알 같은 고급 정보를 알려주기도 했다. 채소 가게에서는 정말 사진을 너무 많이 찍어 미안한 마음에 망고와 겨울철 별미인 청포도를 샀다. 하지만 그 이외의 가게에서는 살 것이 마땅찮아 그분들에게 보답할 길이 없었다. 이 기회에 시장 사람들에게 고마움을 표현하고 싶다. 시끄럽게 사진 찍어도 거부하지 않고 멋지게 포즈를 잡아주거나, 항의하지 않아서 고맙다고.

관광지가 아닌 곳에서 쇼핑을 하고 싶다면 INA 마켓에 들러 보자.

빛깔 고운 사리도 한 벌 사서 입고,

이곳에 살고 있는 주민처럼 여유롭게 쇼핑을 즐겨 보자.

영혼의 음식, 짜이(Chai)

- 짜이에 들어가는 향신료

'짜이' 하면 제일 먼저 떠오르는 사람은 힌두교에 대해 알려주고 사원을 함께 방문하여 이것저것을 설명해 주신 '릴리 선생님'이다(선생님에 대한 이야기는 『인도, 사진으로 말하다』에 실려 있다). 흰 피부에 파란 눈을 가진 존경 받는 브라만으로 60세가 넘은 나이에도 일을 계속할 수 있을 정도로 건강했고, 예전에 아나운서로도 활동했을 만큼 지적인 분이었다. 어느 날 아들과 며느리가 홀연히 자취를 감춰버리는 믿지 못할 사건이 일어난 뒤, 그 사실을 받아들일 수가 없어서 마음속에 무거운 돌덩이를 진 채 살아가는 분. 그래서인지 힌두교에 대해 알기 위해 일주일에 한 번 선생님 댁을 방문하는 나를 기다릴 정도였다. 혼자 있으면 '아들이 왜 나를 떠났을까?' 하는 생각이 꼬리에 꼬리를 물고 떠올라 괴로우셨던 것이다.

일단 선생님 댁에 도착하면 제일 먼저 짜이 한 잔을 타 주시고는 했다. 선생님 댁뿐만 아니라 인도인의 집에 초대받아 가면 무조건 짜이 한 잔과 달콤한 과자를 내준다. 짜이는 손님 접대의 기본인 것이다. 그런데 내게 짜이는 마시기 쉬운 음료가 아니었다. 커피도 아무것도 안 넣은 아메리카노를 주로 마시는 나는 담백한 음료를 선호하는 편이다. 그런데 짜이는 차에 우유와 예닐곱 가지의 향신료를 넣고 끓이다 보니 우리나라 쌍화차처럼 걸쭉하고 깊은 맛이 날 수밖에 없었다.

이 걸쭉함도 입안에서 뱅뱅 도는데 마시기 어려운 가장 결정적인 요인은 너무 달다는 것이다. 짜이 특유의 냄새보다 더 익숙해지기 어려운 것이 바로 넘치는 설탕의 양이었다. 짜이를 반쯤 마시다 보면 너무 달아서 더 이상 먹지 못하는 한계점에 다다르게 된다. 그러면 어쩔 수 없이 나는 선생님이 애써 타 주신 짜이를 남기게 된다. 선생님은 짜이를 타 주시면서 우유는 다양하게 음식을 만들 수 있는 재료이기 때문에 집에 우유가 떨어지지 않게 하는 것이 인도 여인의 중요한 임무라고 했다.

어느 날 선생님에게 물어보았다. "짜이를 만들 때 가장 중요한 향신료가 무엇"이냐고. "짜이를 가장 짜이스럽게 하는 향신료는 바로 인도의 생강이라 불리는 카다멈"이라고 대답해 주었다. 짜이를 마실 때 가장 진하게 후각을 자극하는 향은 카다멈에서 나오는 것이다. 하지만 짜이에 넣는 향신료는 집집마다, 지역마다 조금씩 달라 만드는 방법에 정답은 없다.

짜이와 함께 떠오르는 풍경 두 가지 중 하나는 시장 골목 어귀에서 짜이를 파는 사람이다. 요즘도 시골 시장에 가면 쉽게 볼 수 있는 모습으로 도시와 달리 일회용 토분 잔에 짜이를 담아준다. 유약도 바르지 않은 채 낮은 온도에서 구워낸 소주잔 크기의 토분 잔은 한 번 마시고 그 자리에서 던지면 깨져버릴 만큼 약하다. 깨진 토분은 얼마 지나지 않아 흙으로 돌아간다. 환경보호에 적합한 일회용 컵인 것이다. 어찌 보면 일회용 용기를 처음 사용한 나라가 바로 인도인지도 모른다는 생각이 들 정도로 완벽한 제품이다. 40도가 넘는 더위와 물이 귀한 사막 지역이라 컵을 물로 씻는 것보다는 한 번 사용하고 버리는 방법이 훨씬 더 위생적이라서 발달된 문화인지도 모르겠다. 그리고 특이한 것은 짜이 수레 옆에는 늘 조연처럼 소들이 어슬렁거린다는 점이다. 짜이에서 나오는 찌꺼기를 먹기 위해서인지, 아니면 소들도 짜이 한 잔 진하게 마시고 나서 동네 한 바퀴를 여유롭게 돌며 먹이를 찾으러 가고 싶은 것인지는 모르겠지만 말이다. 짜이, 커피 등 모든 음료수는 삶의 쉼표 같은 것이다. 정신없이 돌아가는 일상에서 잠시 마침표를 찍고, 삶의 여정을 다시 시작할 수 있게 해주는 작은 여유이다.

그리고 두 번째 풍경은 우리나라 시장이나 행사장에서 커피 파는 장사꾼처럼 주전자를 들고 짜이를 팔러 다니는 짜이왈라들이다. 2018년에 델리 사람들이 사랑하는 공원, 로디가든에 갔을 때도 여전한 모습의 짜이왈라들을 만날 수 있었다. 커다란 주전자 밑에 숯을 넣어가지고 다니면서 그 자리에서 짜이를 만들어 팔고 있었다. 그것도 로디가든의 유적지 한복판에서 말이다. 시골 지역과 다른 점은 그들이 사용하는 컵은 토분이 아니라 일회용 플라스틱 컵이라는 것이다. 쌀쌀한 뉴델리의 겨울 아침, 개를 끌고 산책하는 사람, 요가를 하는 사람, 연인과 사진 찍기 놀이를 하는 사람들에게 뜨끈한 짜이 한 잔은 온몸에 에너지를 불어 넣어 주는 영혼의 음료이다.

우리나라 한의학과 비슷한 개념이 인도에도 있다. 바로 유명한 아유르베다이다. 자연에서 얻을 수 있는 나무, 풀, 꽃 등을 이용해 질병을 치료한다는 개념이다. 아유르베다 치료법 중에 향신료를 배합해 만든 차, 카르하(Karhar)가 있다. 감기에 걸렸거나, 열이 날 때 인도인들이 즐겨 마시던 허브차였다. 기존 인도인의 삶에 존재하고 있던 차에 블랙티, 설탕, 우유를 첨가해 만든 것이 바로 짜이, 마살라 짜이인 것이다. 특히 이 짜이 문화는 기차의 발달과 함께 인도 전역으로 퍼져 나갔다. 기차 안에서 밤을 새운 사람들, 정시에 오지 않는 기차를 기다리느라 지친 사람들에게 향긋하고 달콤한 짜이 한 잔은 피로를 풀기에 적당했다. 작은 차 한 잔의 놀라운 힘은 늘어져 있던 온몸의 세포를 깨워 현실로 돌아가게 하는 것이다. 아침잠이 안 깨고 정신 집중도 제대로 안 되서 머릿속이 자고 일어난 침대보처럼 구겨져 있을 때, 커피 한 잔 마시면 마치 주름진 뇌를 다리미로 편 것처럼 머리가 개운해질 때가 있다. 인도에서는 커피 대신 짜이가 그런 역할을 한다.

콜린 테일러 센(Colleen Taylor Sen)의 책『Curry』에 다음과 같은 내용이 있다.

로디가든에서 만난 짜이 주전자.

"1930년대 칸푸르(Kanpur) 시의 찻집에서 향기도 없는 차에 향신료를 대충 섞어 오랫동안 끓인 '향신료 차'를 팔고 있는 것을 인도차협회 조사관이 찾아냈다. 찻잎에 물, 우유, 설탕, 카다멈, 계피나무, 검은 후추 등을 넣어 몇 시간 동안 우려내는 방식이었다."

짜이의 역사가 백 년도 채 되지 않았다는 것을 알 수 있다. 이 짜이가 1950년대 들어서면서 북인도 전역으로 퍼져 나갔다. 이것은 순전히 마케팅의 힘이라고 같은 책에서 밝히고 있다. 저급품의 차가 넘쳐 수출은 안 되고, 재고는 쌓여만 가자 인도차협회에서 대대적인 캠페인을 벌였다고 한다. 그때부터 더 많은 사람들이 'Kullarh'라는 토분 잔에 차를 마시기 시작했던 것이다. 이제 짜이는 전 세계인들이 마시는 음료가 되어, 스타벅스 같은 커피 전문점에도 '차이티라떼'라는 메뉴가 있을 정도이다. 인도 여행을 즐기는 사람 중에는 짜이에 중독되었다고 말하는 사람도 많다. 그만큼 짜이는 인도 여행의 동반자라고 할 수 있다.

짜이에 들어가는 향신료

카다멈 (Cardamom) │ 생강과에 속하는 식물로 흰색과 녹색 두 가지 종류가 있으며 사프란(Saffron), 바닐라와 함께 비싼 향신료 중 하나이다. 짜이의 주재료일 뿐 아니라 다양한 인도 요리에 사용된다.

계피 │ 실론 시나몬이라고도 부르며 박테리아 증식을 억제하는 효과가 있어 짜이뿐만 아니라 다양한 인도 요리에 사용된다.

정향 │ 꽃봉오리 그대로를 말려 쓰는 향신료로 상쾌하고 달콤한 향이 특징이다.

육두구 │ 사향향기가 나는 호두라는 뜻을 가진 향신료로 기억력 증진, 위장보호 및 소화를 돕는다. 향이 진하지 않아 많은 요리에 쓰였으며 유럽과 아시아 향신료 전쟁의 원인이 되기도 했다.

메이스 │ 육두구나무 씨앗을 감싸고 있는 붉은 껍질을 말려 만든 향신료이다.

팔각 │ 인도가 원산지인 목련목 열매로 이름처럼 여덟 개의 꼭지가 보이는 향신료이다. 강하고 독특한 향은 식재료의 잡내를 없애는 데 적합해 중국 요리에도 많이 사용된다.

인도 여행 시 확인해야 할 사항 한 가지,
짜이는 과연 영혼의 음료인가?
기차 여행할 때 제대로 실험해 보시기를……

커리의 주원료인 강황

– 강황의 놀라운 효과

구루가온에 살고 있던 2009년의 어느 날, 눈 밑에 팥알만 한 물사마귀가 올라와 세수를 할 때마다 걸리적거려 여간 신경 쓰이는 것이 아니었다. 그런데 물사마귀 자체보다도 나를 더욱 울적하고 마음 상하게 한 것은 바로 '노화'였다. 그때 누군가 내게 강황가루(Haldi Powder)를 먹어보라고 했다. 우리가 '인도' 하면 떠올리는 커리의 주원료 말이다. 우리나라 사람들이 이 음식, 저 음식에 넣어 먹는 고춧가루처럼 인도 사람들이 음식에 항상 넣는 강황을 먹는다고 뭐가 달라질까 싶었지만, 특별한 약도 없고 피부과에 가서 치료받기도 쉽지 않아 속는 셈 치고 강황을 먹어보기로 했다. 매일 아침마다 강황가루를 꿀에 타서 마셨는데 보름이 조금 지난 어느 날, 세수를 하는데 얼굴이 매끄럽게 느껴졌다. 이상해서 거울을 자세히 보니 물사마귀가 흔적도 없이 사라져 있었다. 눈으로 보면서도 믿기 힘든 일이었다.

이때부터 시작된 강황과의 인연은 삶의 일부를 바꿔놓았고 나를 강황전도사로 만들기에 이른다. 강황의 가장 큰 효능은 바로 염증치료다. 얼굴에 나는 종기 때문에 자주 고생했던 나에게 딱 맞는 최고의 치료제였다.

살아가는 동안 아무런 질병에 걸리지 않는 사람은 아마 없을 것이다. '병은 겸손함을 가르치는 스승'이라는 말도 있지 않은가. 죽을 정도로 심각한 병이 아니라도 감기나 두통, 소화불량 등 수많은 병에 노출된 채 살아간다. 강황을 먹고 난 후 잔병치레에서 어느 정도는 자유로워졌다. '매일 사과 한 개를 먹으면 의사 얼굴이 노랗게 된다'는 서양 속담이 있는데 사과를 강황으로 바꿔도 전혀 손색이 없다. 매일 한 스푼의 강황을 먹으면 내과나 피부과 등의 병원에 갈 일이 현저히 줄어들 테니 말이다. 이 좋은 것을 혼자만 알고 있다는 사실이 미안해질 정도였던 나는 귀국만 하면 곧장 강황 판매 사업을 해야겠다고 마음먹었지만, 막상 서울로 돌아와서는 강황에 대해 거의 잊고 살았다. 그러던 2012년 또 다른 계기가 찾아왔다. 알레르기가 생겨 얼굴이 붉어지고 화끈거리면서 퉁퉁 부어올랐던 것이다. 한 달이나 피부과를 다니며 약을 먹어 보았지만 아무런 소용이 없었다. 그때 남편이 내 얼굴을 보며 "강황을 먹어보라"고 말했다. 아, 왜 그 생각을 못했을까? 냉동실에 묵혀 두었던 강황을 얼른 꺼내 먹었다. 이번에도 강황의 효력은 대단했다. 지긋지긋한 트러블이 일주일도 되지 않아 가라앉은 것이다. 그 이후 단 하루도 빠지지 않고 습관처럼 매일 아침마다 강황 한 스푼을 꿀에 타서 먹는다.

나처럼 기적 같은 강황의 효능을 직접 체험하고 나서 강황전도사가 된 분이 있다. 바로 의학박사이자 국내 최초 자연치료의학 인증 전문의인 서재걸 박사이다. 그는 미국 유학 시절 소화불량으로 고생하다가 우연히 슈퍼마켓에서 발견한 강황의 주성분인 커큐민을 먹고 나서 일주일 만에 호전되는 경험을 한 뒤 강황전도사가 되었을 뿐만 아니라 10년째 계속 복용하고 있다고 한다. 본인의 경험과 주변 사람들의 변화를 보고 나서 모든 사람들에게 정보를 주고자 『약보다 울금 한 스푼』이라는 책을 쓰기도 했다.

　어떤 이들은 인도산 강황에 거부감을 느끼기도 한다. 불결한 인도 환경을 떠올리며 해로운 이물질이 들어 있을까 걱정하는 것이다. 하지만 인도에 여행을 가게 되면 속는 셈 치고 강황을 사보자. 찬드니 초크 근처의 유명 향신료 시장인 카리 바올리(Khari Baoli)까지 갈 필요도 없다. 가까운 마켓에 가서 '할디 파우더' 혹은 '터메릭 파우더(Turmeric Powder)'를 달라고 하면 된다. 그러면 깔끔하게 포장된 강황을 만날 수 있다. 마땅한 선물을 사지 못했다면 이렇게 소포장된 강황을 사는 것도 좋다. 커리요리, 고기요리에도 좋고, 밥에 한 숟가락 넣으면 신기한 노란 밥이 되기도 한다.

강황이란?

강황을 힌디어로는 '할디(Haldi)'라고 하는데, 그 쓰임새는 일일이 말할 수 없이 다양하다. 매일 먹는 음식의 향신료로 쓰이는 것은 기본이고, 민간요법에서 상비약 같은 존재이다. 또한 결혼식 때는 신부의 몸에 할디를 발라 황금빛 광채를 내는 '할디 의식'이 있다. 인도 하면 떠오르는 대표적인 이미지인 '커리'에 할디가 빠지면 그 특유의 색을 낼 수 없으니, 할디를 빼놓고 인도를 논하기란 불가능하다고 할 수 있다.

크리샤 고팔 두베이(Krisha Gopal Dubey)는 자신의 책 『The Indian Cuisine』에서 커리의 어원에 대해 다음과 같이 말하고 있다.

"인도에서는 원래 '걸쭉한 소스'라고 불렀다 하는데, 영국인들에 의해 이름 붙인 커리는 우르드어인 'tari', 즉 채소 삶은 물에 양념과 고기를 넣고 끓인 수프나 스튜 같은 음식을 말한다. 또 다른 자료에서는 커리가 타밀어인 'Kairee' 혹은 'Kaari'에서 온 말이며, 코코넛과 커리 잎 약간에 여러 가지 향신료를 넣어 만든 채소 요리를 뜻한다는 설도 있다."
그 어원이 무엇이던 간에 이제 커리는 우리나라를 포함한 전 세계인이 사랑하는 음식으로 자리를 잡았다.

콜린 테일러 센(Colleen Talyor Sen)이 쓴 『Curry, A Golbal History』에는 일본에서 커리가 언제 유입되어 어떻게 각광을 받았는지 잘 설명되어 있다. 그 책에 의하면 1868년 메이지 시대에 항구가 외국인에게 개방되고 나서 유행했다고 한다. 일본인들은 남의 나라 음식인 커리에 채소, 고기 등을 넣고 밥과 함께 모든 영양소를 골고루 먹을 수 있도록 만들었고, 그 편리성 때문에 배를 오랫동안 타는 선원들에게 인기가 많았다. 1980년에는 일본인이 가장 좋아하는 3대 요리의 하나로 선정되었다.

그렇다면 인종과 국가를 뛰어넘어 많은 이들에게 사랑받는 커리에는 과연 어떤 마법의 가루가 들어 있는 것일까?
'Coriander Seeds, Red Chillies, Tumeric, Cumin, Lodised Salt, Black Pepper, Fenugreek Leaves, Mustard Seeds, Dried Ginger, Cassia, Cardamom, Amomum, Cloves, Nutmeg, Mace, Asafoetida.'
이것이 빅바자 마켓에서 산 커리 파우더 100그램에 포함된 열여섯 가지의 재료이다. 노란색 가루 하나만 들어간 것이 아니라 여러 가지 향신료가 어우러져 커리의 환상적인 맛을 만들어낸다는 사실을 알 수 있다.
여러 국가에서 강황의 효능에 대한 다양한 연구가 이루어지고 있는데, 인도의 치매 발병률이 낮은 이유를 강황에서 찾기도 한다.

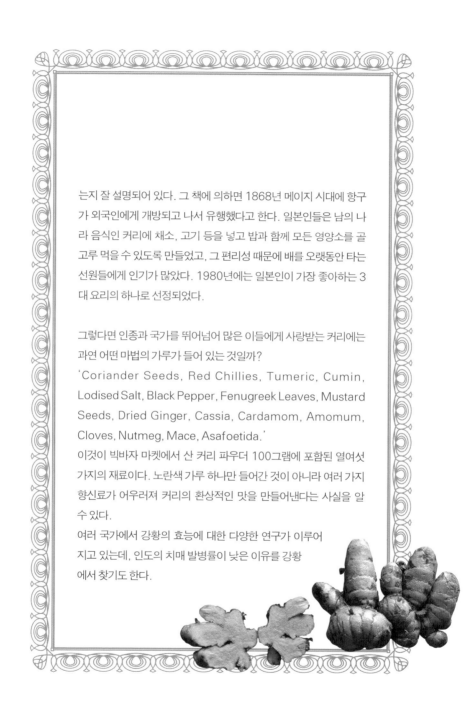

인도 여행 시 매일 먹는 커리가 지겹다면
마법의 주문을 걸어 보자.
"그래, 난 커리를 많이 먹었으니 치매는 안 걸릴 거야!"

밥이 먹고 싶을 때는
브리야니(Briyani)!

― 자이푸르 타지 람바그 팰리스 호텔의 추억

인도를 여행할 때 호텔의 종류는 예상외로 극과 극이 심하다. '예상외'라는 말은 우리나라 호텔에 비해 비싼 호텔들이 너무 많아 여행 계획을 짤 때 인도 물가를 가늠하기 어렵다는 이야기이다. 분명 우리보다 국민소득은 훨씬 낮은데 호텔비는 유럽만큼이나 비싸다. 이유는 그들의 럭셔리한 왕과 귀족들의 문화에 있다. 인도는 광활한 땅과 오랜 역사로 인해 각 지방마다 왕이 다스렸고, 그들을 중심으로 독특한 문화가 발달되어 있다. 인도에는 29개의 주가 있어 왕이 통치해 왔으나 근대에 들어서면서부터 그들의 부와 권력이 축소되어 생계가 곤란해졌다. 결국 자신들이 호화찬란하게 살았던 성과 저택을 개조해서 호텔로 만들기 시작했던 것이다. 비록 가격은 상상을 초월할 만큼 비싸지만 마치 내가 왕이 된 듯한 기분으로 하룻밤을 지낼 수 있으니 1박 정도 해보는 것이 좋다.

델리와 자이푸르, 아그라를 묶어 골든트라이앵글이라 부르는데, 가장 기본적인 코스라서 인도의 본모습을 볼 수 있다. 나는 그중에서 자이푸르를 제일 먼저 찾았다. 낮에는 자이푸르 시티 팰리스(City Palace of Jaipur)와 갈타 탱크(Galta Tank), 잔트라 만트라(Jantra Mantra) 등을 돌아보고 최고급 호텔인 타지 람바그 팰리스 호텔(Taj Rambagh Palace Hotel)에서 저녁 식사를 하기로 했다. 숙박료는 너무 비싸 엄두도 못 낼 정도였지만, 식대는 여느 호텔과 비교했을 때 몇 배씩 비싸지는 않았기 때문이다.

입구에서부터 예사롭지 않은 타지 람바그 팰리스 호텔은 바닥과 벽, 로비에서부터 화장실 인테리어까지 생전 처음 보는 화려함을 선보였다. 아름다운 호텔에 걸맞게 직원들의 서비스 역시 절대 과하지 않으면서도 편안함을 느끼게 해 주었다. 인도에 도착한 지 석 달 만에 처음 간 여행에서 그동안 인도에 대해 가져왔던 편견과 고정관념이 깨지고 있음을 알 수 있었다. 인도에 이토록 호화스러운 성이 있을 거라고 생각지 못했다. 세계 4대 문명의 발생지인 인더스 문명이 꽃 피웠던 인도의 저력을 느낄 수 있었다. 인도 여행을 하면서 가장 많이 느끼는 것이 그동안 내가 알고 있었던 인도가 아주 작은 부분에 지나지 않는다는 점이다. 찬란한 인도의 고대 문명, 세계의 IT 기업을 주도하는 현재 인도인의 능력은 배제하고 겉으로만 보이는 인도를 미개한 나라로 오해하고 있었다. 인도의 경제를 가장 쉽게 표현하는 말이 거리의 노숙자가 1억 명이면 백만장자도 1억 명이 넘는다는 이야기이다. 눈에 잘 띄는 가난한 사람들과는 달리 부자들은 일반여행

객 눈에는 보이지 않을 뿐이다.

이 아름다운 호텔에서 시킨 음식이 바로 브리야니(Briyani)였다. 첫 인도 여행이라서 많은 정보를 알아보지 못했는데 쌀로 만든 음식이라기에 주문한 것이다. 브리야니는 한마디로 우리나라 솥밥과 비슷하다. 솥밥에 무엇을 넣느냐에 따라 종류가 달라져 셀 수 없이 많은 브리야니가 있다고 보면 된다. 브리야니는 원래 군대음식이라는 설이 있다. 무갈시대에 인도에 유입된 가장 대표적인 음식 중의 하나로 전쟁을 치르면서 일일이 음식을 만들 수가 없으니 한 솥에 다 넣고 요리를 하면 간단하기 때문이다. 그래서인지 요즘도 잔치 음식에 빠지지 않고 나온다.

커다란 솥에 양념을 한 각종 육류와 쌀을 넣고 장시간 쪄낸다. 그러면 한

꺼번에 수백 명의 음식을 장만할 수 있고, 일단 고온으로 한 번 조리했기 때문에 무더운 인도의 더위에 쉽게 상하지도 않는다. 여기에 들어가는 쌀이 또 중요하다. 바사무티라는 길쭉한 쌀로 밥을 지어야만 진정한 브리야니라고 할 수 있다. 바사무티는 향기 나는 값비싼 쌀이라서 서민들이 평소에 사 먹기는 힘들고 특별한 날에나 맛볼 수가 있다. 우리 입맛에는 향기 나는 쌀이 익숙하지 않다. 그렇다고 거부감이 들 만큼 향이 진한 것도 아니니 안심하고 먹을 수 있다. 브리야니를 먹는데 처음에는 닭고기가 나오고, 온갖 종류의 채소와 새우도 나와서 주재료가 무엇인지 궁금했다. 우리나라 시루떡처럼 제일 밑에 닭을 넣고, 쌀을 한 칸 뿌리고, 그 위에 다시 새우를 넣고, 다시 쌀을 넣고, 다시 양고기나 채소를 넣는 방식으로 만들어서인지 먹어도 먹어도 새로운 것이 끊임없이 나와서 요술솥단지인 줄 알았다.

소량의 브리야니를 만들 때 사용하는 솥은 한디(Handi)라고 부르는데, 밑은 좁고 위로 올라갈수록 넓어졌다가 다시 입구로 갈수록 좁아지는 형태로 수증기와 향기가 빠져나가는 것을 막아 준다. 낮은 온도에서부터 서서히 요리하기 때문에 재료가 그릇에 눌러 붙지 않는 것이 특징이다. 나중에 『The Food of India』라는 책에서 브리야니 조리법을 보고 어렸을 적 추수가 끝나고 햅쌀로 찐 시루떡을 동네 사람들이 나눠먹었던 때가 떠올랐다. 내가 어렸을 때 가을 추수가 끝나면 엄마는 햅쌀로 팥 시루떡을 찌고는 했다. 지금은 다 사라진 풍습일 게다. 그 시루떡을 찔 때 수증기가 새어나가지 않도록 솥단지에 떡시루를 얹고 그 틈을 쌀가루 반죽으로 메꾸곤

했다. 떡을 동네방네 다 돌리고 나면 정작 우리가 먹을 것은 그렇게 많지 않아 나중에는 떡시루에 붙은 쌀가루까지 다 떼어 먹었던 기억이 있는데, 브리야니도 같은 방식으로 요리하는 것이다.

브리야니를 먹는 동안, 식당 앞 잔디밭에서는 인도 전통음악과 무용 공연이 한창이었고 뒤로는 노을이 펼쳐져 있었다. 그날 저녁의 모습을 동영상으로 담아놓지는 않았지만, 마치 어제 일처럼 머릿속에 생생히 저장되어 있어 자이푸르라는 단어만으로도 그날의 기억이 자동 재생된다. 다만 아쉬운 점은, 간단히 저녁 식사만 했기 때문에 5만 7천여 평에 달하는 호텔의 정원과 건물을 제대로 구경하지 못했다는 것이다. 다시 한 번 가보고 싶은 이유이기도 하다.

인도 쌀은 우리나라 쌀과 달리 밥을 했을 때 윤기 흐르는 찰진 밥이 되지 않는다. 발품을 팔아 생김새가 우리나라 쌀처럼 오동통한 타원형 쌀을 구해다 밥을 지어 보아도 풀풀 날아가는 느낌은 마찬가지였다. 인도의 쌀 생산량은 전 세계 쌀 생산량의 20퍼센트나 될 정도로 많고 다양해서 우리가 먹는 쌀도 구할 수 있을 것이라고 생각했으나 우리나라 쌀 찾기는 실패였다. 우리는 '쌀밥' 하면 찰진 밥을 떠올리지만, 쌀을 주식으로 하는 여러 국가에서 찰기 없는 쌀을 먹고 있는 것이다. 영어 단어에도 차이가 있다. Rice라 불리는 일반적인 쌀은 인도나 동남아시아 쌀이다. 우리나라 쌀은 Sticky Rice라고 명칭이 따로 있다. 또 찹쌀은 Gluttonous Rice이다. 따지고 보면 인도에서 우리 쌀을 찾는 것은 서울에서 바사무티를 찾는 것만큼이나 어려운 일일 수밖에 없다.

힌두 신화에 쌀과 관련된 재미난 이야기가 있다.

가진 건 돈밖에 없는 재물의 신 쿠베라는 어느 날, 파괴의 신 시바 앞에 가서 자신이 얼마나 부자인지 자랑하며 시바와 그의 부인 칼리를 식사에 초대했다. 시바는 쿠베라가 하는 짓이 우스웠지만 내색하지 않고 아들 가네샤를 대신 보내겠다고 말했다. 시바는 가네샤가 대식가이니 각오하라고 농담 반 진담 반으로 이야기했지만, 쿠베라는 가소롭다는 듯이 "얼마든지 먹어도 괜찮다"고 말한다. 약속시간이 되어 쿠베라의 집을 찾은 가네샤는 정말 끝도 없이 먹어대기 시작했다. 먹을 것이 다 떨어지자 냄비며 수저, 가구까지 몽땅 먹어치우더니 급기야는 쿠베라를 잡아먹겠다고 으름장을 놓았다. 그제야 시바의 경고가 떠오른 쿠베라는 겁에 잔뜩 질린 채 도움을 청하기 위해 시바에게 달려갔다. 시바는 "가네샤에게 한 줌의 쌀을 주라"고 이야기했고, 쿠베라는 거만하게 굴었던 자신의 행동을 뉘우치며 집으로 돌아가 가네샤에게 쌀을 주었다. 한 줌의 쌀을 먹은 가네샤는 그제야 먹는 것을 멈추었다고 한다.

다른 것을 아무리 먹어도 배고프다는 사람들이 있다. 아무리 산해진미를 다 먹어도 꼭 공깃밥 한 그릇을 비워야 배부르게 먹었다고 생각하는 것이다.

인도 여행 시 고향 생각이 간절하다면 브리야니를 먹어보자.

배낭에 고추장 소스가 있다면 금상첨화.

밥심으로 나머지 여행을 버틸 수 있다.

삼시 세끼로 질리지 않는 짜파티(Chapatti)

– 인도 빵 이야기

인도 날씨에 대해 이야기하면 사람들은 공감하지 못한다. 45도, 50도가 어떤지 아무리 설명해도 감을 잡을 수 없었던 것이다. 그런데 2018년 서울을 강타한 기록적인 폭염을 겪고 난 뒤 어느 정도는 이해하는 듯하다. 인도에서 제일 견디기 힘든 것은 미세먼지도 아니고 특이한 향신료 냄새도 아닌 바로 무더위이다. 그것도 서울과 달리 고온이 몇 달씩 이어진다는 것이 가장 힘들다. 서울은 길어야 한 달이지만 인도는 40도 넘는 기간이 몇 달이나 되니 보통 힘든 일이 아니다. 우리는 5월이면 제일 활동하기 좋은 계절이지만 인도는 3, 4, 5월이 최고로 더운 달이다. 오죽하면 선글라스 없이 길거리를 나가면 단 몇 초 만에 눈이 따끔거려 걸을 수가 없다. 바닥에 반사된 열이 눈을 찌르기 때문이다.

인도까지 비행기를 타고 가는 사람은 8시간, 배를 타고 가는 이삿짐은 한 달 반에서 두 달까지 걸린다. 인천에서 출발한 이삿짐은 배로 인도양과 태평양을 건너 뭄바이까지 간 다음, 거기서부터 육로를 통해 1,400km를 또 이동하는 것이다. 생존에 필요한 최소한의 짐만 비행기로 가져 왔으니 뭐하나 제대로 된 것이 없었다. 엄마가 눈앞에서 멀어지면 무조건 악을 쓰고 울어대는 1년 6개월 된 딸아이와 함께 삼시 세끼를 해결해야 했다. 냉장고 한 대와 식탁, 의자, TV가 집에 있는 세간의 전부였다. 식재료는 몇 가지 밑반찬과 소량의 쌀뿐. 숨 막히는 더위 속에서 에어컨도 안 되는 부엌에서 가스 불을 켜고 요리한다는 것은 불가능한 일이다.

아침, 저녁은 한국식으로 하고 점심은 가사를 도와주는 인도 소녀가 만든 음식을 같이 먹는 것으로 타협을 보았다. 아쌈 구와하티(Guwahati)에서 온 아이의 이름은 미누였는데, 영특하고 음식 솜씨도 좋았던 미누는 돈을 벌기 위해 부모님의 반대도 무릅쓰고 몰래 비행기를 탔다고 했다. 델리까지 기차로 무려 3박 4일이 걸리는 거리를 홀로 오다니 정말 용감한 소녀다. 고향을 떠나야 불합리한 운명의 고리를 끊을 수 있다고 생각했을 것이다. 고향은 안락한 곳이지만 다양한 족쇄가 채워진 곳이기도 하다. 대대로 내려오는 고착된 관습을 바꿀 수 없어 불합리한 일도 그냥 참고 넘어가야 하는 곳이 바로 두 얼굴의 고향이라는 이름이다. 고향을 떠나 새 출발하기 위해 도시로 유입되는 젊은이들이 많지만, 세상은 녹록지 않다. 그들에게는 신분증이 없고, 인도의 은행은 예치금을 적게는 수십만 원, 많으면 수백

만 원 넣어야 통장을 하나 만들어준다. 우리 기준으로는 듣고도 이해 못할 일이다. 스마트 폰으로 전 세계가 연결된 이 시대에 자기 나이도 모르는 아이들이 많다는 사실, 수십만 원씩 돈을 예치해야 통장을 만들어 주는 인도 시스템을 어떻게 받아들일 수 있겠는가. 열심히 일해서 돈을 벌어도 저축하는 것조차 어려운 사회제도 속에서 힘들게 번 돈을 고향 부모님에게 보내면 형제들의 학비(대부분은 남자 형제)나 생활비에 쓰이고 목돈이 되지 않는다. 번 돈을 몸에 지니고 다니다가 소매치기당하는 최악의 경우도 빈번하게 일어난다.

　미누가 점심 식사로 만들어 주던 음식 중 하나가 바로 짜파티(Chapati)였는데 밀가루와 소금, 물만 가지고 반죽한 얇은 빵이다. 살만 루슈디(Salman Rushdie)는 "짜파티야 말로 진정한 빵"이라고 표현했다.

인도 사람들에게 가장 중요한 짜파티와 난의 역사는 기원전 1600년경인 메소포타미아 시대까지 거슬러 올라간다. 주식으로 먹는 빵은 세계 어디를 가도 그 맛이 비슷하다. 달지도, 짜지도 않고 자극적이지 않은 단순한 빵. 짜파티와 비슷한 빵은 이란과 터키를 비롯한 중앙아시아 지역과 파키스탄, 네팔, 방글라데시 등의 나라와 멕시코에서도 찾아볼 수 있다. 짜파티는 정제되지 않는 거친 밀가루로 만들어서 색이 거무튀튀하고, 화덕이 아닌 프라이팬에서 굽기 때문에 바삭하지도 않다. 하지만 일단 먹어 보면 계속 먹게 되는 묘한 음식이다. 좋은 쌀로 정성껏 지은 밥과 알맞게 익은 김치만 있어도 맛있는 한 끼가 되는 것과 같은 이치다.

미누는 매번 밀가루 반죽을 새로 해서 짜파티를 만들어 주었다. 복잡한 과정도, 숙련된 기술도 필요하지 않았지만 언제나 동글동글 예쁘고 맛있는 짜파티가 금방 완성되었다. 요리에 자신 없는 나는 밀가루 반죽이라는 말만 나와도 지레 겁을 먹었는데, 아주 어렸을 때부터 집안일을 습관적으로 도운 탓인지 미누는 쉽게 만들어냈다. 서울에 오려고 짐을 쌀 때 다른 것은 다 그냥 두고 미누가 짜파티 만들 때 쓰던 밀대만 서울로 가져왔다. 생존의 증거 같은 밀대를 보면 그 시절 미누가 만들어주던 짜파티가 생각난다. 한 번쯤 미누처럼 짜파티를 만들어 보고 싶었는데 아직도 엄두를 내지 못하고 있다.

먹기 좋은 크기로 자른 닭고기, 양파, 당근, 감자 등을 커리 소스에 넣어 만든 치킨 커리는 짜파티와 함께 거의 매일 먹는 음식이었다. 오죽하면 서울에서는 절대로 치킨을 먹지 않겠다고 다짐했을까. 화덕을 제대로 갖추어야 하고 정제된 밀가루를 사용해 빛깔이 뽀얗고 고소한 난과 달리 짜파티는 거친 느낌이지만, 매일 먹어도 절대 질리지 않았다. 서울로 돌아온 후에도 짜파티와 맛이 비슷한 난을 즐겨 먹는다.

인도에서는 아무 식당에 들어가도 난은 대부분 맛있는데, 가끔 실패하기도 한다. 한 번은 수라지가르(Surajgarh) 성에 간 적이 있다. 유명 관광지도 아닌 작은 성이라 크게 기대하지 않았지만 만발한 노란 겨자꽃이 인상적이었다. 그런데 그곳 식당에서 먹은 음식은 살면서 먹은 음식 중에 가장 맛이 없었다. 뱉어내고 싶을 정도로 맛이 없는 난, 상상이 가는가? 그때 내가 깨달은 것은 '범사에 감사하라'는 것이다. 맛있는 난, 당연하다고 생각해왔던 그 평범하고 사소한 일도 행운이고 행복이다.

인도여행이 아무리 힘들어도 희망은 있다.
까탈스런 사람의 입맛도 모두다 사로잡는 난이 있으니까.

탄두리 치킨(Tandoori Chicken)과 맥주

– 한국인이 좋아하는 인도 음식

　한국인들이 인도에 살면서 제일 난감해 하는 것은 마땅히 먹을 육류가 없다는 점이다. 구운 고기와 김치만 있어도 간단히 밥 한 공기를 먹을 수 있는 먹성 좋은 남자아이들이 있는 집은 끼니마다 뭘 해 먹어야 할지 고민이 더욱 깊어진다. 그렇다면 생선은 좀 쉽게 구할 수 있지 않을까? 시장에 가면 대형 조기도 있고, 반들반들 윤이 나는 갈치도 있고 오징어도 있다. 특히 새우는 민물새우부터 바다새우까지 종류도 다양하다. 그러나 문제는 인도의 날씨와 물류 시스템에 있다. 무더운 날씨에 쉽게 상하는 생선을 운반하기 위해서는 냉동냉장 기능이 있는 차량이 필요한데 이곳에는 없다. 그나마 겨울에는 먹을 만하지만 여름에는 생선이 상하지 않도록 화학약품을 바른다는 이야기가 있어 선뜻 손이 가지 않는다.

힌두교 신자가 80퍼센트인 인도에서 소는 신성한 동물로 취급 받고 있기 때문에 복잡한 도심 한복판에 소가 누워 있으면 당연히 차가 피해야지 소를 끌어내는 일은 절대로 없다. 그러니 소고기는 일반 음식점에서 아예 취급조차 하지 않고 고급 호텔에서나 맛볼 수 있는 요리가 되어 구할 수가 없다. 물소 고기를 먹기도 한다는데 소문만 무성할 뿐 정확히 어디서 파는지는 알 수 없었다. 낯선 외국에 가서 가장 반갑게 느껴지는 맥도날드에 가도 소고기 패티가 들어간 햄버거는 메뉴에 없다.

돼지고기는 아마 델리에서 가장 위험한 음식 중의 하나일 것이다. 실제로 한국인이 돼지고기를 먹고 죽은 경우도 있었다. 돼지는 인분과 도시의 온갖 쓰레기를 먹고 사는 짐승이라서 대부분 치명적인 기생충에 감염되어 있다고 한다. 육식을 즐기지 않는 사람에게는 크게 문제될 것이 없지만, 삼겹살 사랑이 넘쳐나는 한국 남자들에게 돼지고기는 떨쳐버리기 힘든 유혹이다. 그러나 어쩌랴. 매번 닭고기만 먹을 수도 없어 결국은 태국이나 호주에서 고기를 수입해 오는 한국인 업자가 생겨났다.

그렇다면 집에서 고기 요리를 할 때 손쉽게 선택할 수 있는 재료는 닭과 양의 고기뿐이다. 닭이라면 그래도 뭔가 해 볼 생각이 나는데 양은 또 어떻게 조리해야 할지 엄두가 안 난다. 식당에 가서도 마찬가지다. 양고기가 아무리 좋다고 해도 대체로 만만한 닭만 먹게 된다. 가끔 한국에서 온 손님이 인도 음식을 먹고 싶다고 하면 식당에 함께 가서 거의 자동적으로 주문하는 메뉴는 난과 탄두리 치킨이다. 왜냐하면 이 음식을 시켰을 때 싫어하는

늦은 밤 저녁 식사를 위해 간 뷔페식당.

사람을 단 한 명도 본 적이 없었기 때문이다. 다른 것은 호불호가 나뉘어도 이 두 개만큼은 진리처럼 모든 사람들의 입맛을 사로잡았다. 탄두리 치킨 은 '탄두르'라는 화덕에서 구워낸 것이다. 직화를 하거나 튀긴 음식은 무 조건 맛있다는 말이 있다. 그러니 아무리 인도 음식이라고 해도 화덕에서 구워낸 탄두리 치킨이 맛이 없을 수가 없다. 물론 인도 향신료가 조금 독특 하긴 하지만, 우리나라 숯불구이 치킨 같은 느낌이라 누구라도 거부감 없 이 먹을 수 있다. 탄두리 치킨은 어떤 양념을 했느냐에 따라 종류가 다양한 데 매운맛이 나는 탄두리 치킨만 해도 종류가 많다. 골라 먹는 재미가 있다 는 뜻이다.

각 나라별로 유명한 음식 중에 개발자가 누구인지 정확히 알려진 경우는 거의 없지만 탄두리 치킨만은 누가 어떻게 만들었는지 확실히 알려져 있다. 콜린 테일러 센(Colleen Taylor Sen)은 『A History of Food in India』에서 다음과 같이 설명하고 있다.

"1947년 인도가 분리·독립되었을 때 페샤와르(Peshawar) 근처에서 태어난 쿤단 랄 구잘(Kundan Lal Gujral)은 가족들과 함께 델리에 정착했다. 그는 레드 포트(Red Fort) 근처에 모티 마할 디럭스(Moti Mahal Delux)라는 이름의 작은 식당을 열고 주방 내부에 화덕을 설치했다. 채식 위주의 요리가 주로 발달한 구자라트(Gujarat) 지역에서 살았던 구잘은 델리 지역 특성에 맞게 다양한 향신료를 사용한 요리법을 연구하다가 '탄두리 치킨을 메인 요리로 하면 어떨까?' 하는 생각을 하게 되었고, 오늘날 인도 식당에서 가장 잘 팔리는 탄두리 치킨을 만들게 되었다. 탄두리 치킨의 특징인 붉은색은 코리앤더(Coriander) 씨앗, 후추, 붉은 고추를 배합해서 만든 양념에서 비롯되었다."

인도의 화덕은 우리나라의 아궁이나 화로와 닮아 있다. 어린 시절, 엄마는 밥이 다 지어지고 나면 아궁이 잔불에 석쇠로 김을 굽거나 뚝배기에 보글보글 찌개를 끓여냈다. 고구마나 감자를 숯불에 넣어 구워 먹기도 했다. 문풍지로 스며드는 한겨울 추위를 막기 위해 초저녁이 되면 할아버지가 화로를 마련해 두었는데, 화로 앞에 앉아 손을 비비며 가래떡이 노릇하게 익어가는 모습을 보고 있으면, 문고리를 잡을 때마다 손이 쩍쩍 달라붙을 정도의 추위도 문제되지 않았다. 모습은 다르지만 인도와 우리나라의 문화에 비슷한 점이 많다는 생각이 든다.

    인도가 영국의 식민지였다는 것은 누구나 다 안다. 제법 긴 시간 동안 이질적인 두 문화가 공존하고 영향을 주고받으면서 발전을 거듭했다. 특히 음식의 경우는 영국이 인도의 영향을 많이 받았는데, 인도에는 영국 식당이 거의 없지만 런던에는 인도 식당이 4,000여 곳 있다는 사실만 봐도 알 수 있다. 어떻게 인도 음식 문화가 영국에 큰 영향을 끼친 것일까? 일등공신은 바로 수에즈 운하의 개통이다.

    1869년 프랑스 사람들의 지휘 아래 건설된 이집트 운하가 어떻게 두 나라 관계를 변화시켰다는 것인지 얼핏 보면 이해가 안 될 수도 있다. 수에즈 운하가 개통되기 전 영국에서 인도로 가는 길은 멀고 먼 아프리카 희망봉을 돌아서 배를 타고 가는 것이었다. 여행기간은 장장 4~6개월. 여자들에게는 만만찮은 여정이었기 때문에 남자 혼자 부임하는 경우가 대부분이었는데, 현지에서 생존하기 위해 인도 여인과 결혼을 하거나 첩을 두기도 했다고 한다. 결국 일상생활은 인도인의 도움을 받아야 했고, 특히 음식은 더욱더 인도식으로 먹어야 했다. 이렇게 인도 음식에 익숙해진 사람들은 인도에서 일을 끝내고 본국으로 돌아간 후에도 인도 음식에 향수를 느끼게 되는 것이다. 수에즈 운하의 개통으로 인도 여행 시간이 절반으로 줄어들면서 여자들도 멀고 먼 인도에 가서 생활하게 되었는데 그들이 겪은 험난

주류 판매점에서 술을 구입하고 있는 사람들.

한 여정을 생각해 보면 장거리 비행이라 힘들다는 말은 입 밖에 낼 수조차 없을 것이다.

의식주 문화는 대부분 여성들의 손에서 만들어진다. INA 마켓에 한국산 배추가 자리 잡은 것도 여성들이 있기에 가능한 것이었다. 일 때문에 인도에 온 남성들이 직접 김치를 담가 먹지는 않을 테니까 말이다. 인도를 지배했던 영국도 마찬가지였다. 남편과 함께 온 여성들이 영국의 문화를 인도에 가져오고, 또 인도의 문화를 받아들이면서 자연스럽게 두 문화가 조화를 이루게 되었다. 초기에는 인도 문화를 영국식으로 바꾸려 했지만, 그것은 어차피 불가능한 일. 그 결과 'Anglo-Indian Cuisine'이라는 장르가 생겨났다. 영국인의 입맛에 맞춘 영국식 인도 요리가 탄생한 것이다. 가장 대표적인 음식은 '치킨 티카 마살라(England Chicken Tikka Masala)'이다. 본래 영국 음식이라고 생각하는 영국인들도 많다고 한다. 탄두리 치킨이 뼈째로 화덕에 구워낸 음식이라면, 치킨 티카 마살라는 살코기만 두툼하게 발라내 구운 것이다. 탄두리 치킨과 달리 치킨 티카 마살라에는 토마토 퓌레를 넣어 인도 향신료의 강한 맛을 중화시키고 부드럽게 만든다. 결론은 영국인들이 좋아하는 음식은 우리 입맛에도 잘 맞는다는 것이다. 이제 인도라는 나라색이 옅어져 일반적인 입맛으로 변했다는 이야기이다.

탄두리 음식 재료는 치킨만 있는 것이 아니다. 새우, 양, 채소, 빵 등등 뭐든지 구울 수가 있고 탄두리라는 말이 붙으면 안심하고 먹을 수 있다.

맛있는 치킨에 사람들이 술을 안 시킬 수 없지만, 인도는 술에 매우 엄격한 나라이다. 이슬람교인 무슬림은 술이 완전히 금지되어 있고, 식당에서 주류 판매 면허권을 얻기가 무척 힘들다는 이야기를 들었다. 게다가 세금이 진짜 장난 아니다. 우리나라는 맥주가 소매점에 나오기 전에 이미 주세가 붙어 있어서 세금이 어느 정도인지 알 수가 없다. 그러나 인도에서는 술집이든 식당이든 술을 주문하면 거기에 바로 세금 25퍼센트가 붙는다. 세금이 그렇게 많은 줄 모르고 계속 시켰다가는 나중에 영수증을 보고 기절

할 정도로 술값이 비싸다. 서울에서 온 손님과 식당에 가서 술을 몇 병 시켰는데 계산하려고 보니 터무니없이 높은 가격이 찍혀 있어 매니저에게 따진 적이 있었다. 주세가 그렇게 높은지 몰랐기에 일어난 해프닝이었다. 그 후로는 절대로 술을 많이 시키지 않았다. 아무리 주당이라도 인도에서는 술을 더 자제할 필요가 있다.

인도에는 'Dry Day'라는 날이 있다. 전 국민이 다 같이 옷을 세탁하는 날인가? 아니다. '술이 없는 날'이라는 뜻이다. 'Dry Party'라고 하면 술 없이 하는 파티라는 뜻이다. 이 날은 술을 팔아서도 안 되고 마셔서도 안 된다. 가장 대표적인 날은 8월 15일 광복절인데, 인도에서 술을 금지한 날에 굳이 술을 마시려 하다가 봉변당하는 일이 없었으면 한다.

술을 즐겨 하지 않지만 가끔은 인도의 국민맥주 Kingfisher와 함께 먹었던 탄두리 치킨이 생각난다. 인도 살 때는 탄두리 치킨밖에 먹을 게 없다고 그렇게 한탄했는데 지금은 제일 맛있었다고 기억되는 것을 보면 추억이라는 이름의 포장술이 대단하다.

40도가 넘는 인도 폭염에 지쳐 관광조차 하고 싶지 않을 때,
탄두리 치킨을 앞에 놓고 맥주 한 잔을 마신다면
여행의 낭만은 다시 되살아날 것이다.

미각을 깨운 코르마(Korma),
로간 조쉬(Rogan Josh)

– 인도의 양 요리

스코틀랜드 출신의 파멜라 팀즈(Pamela Timms)는 어느 날 올드델리의 한 식당에서 양고기 요리인 머튼 코르마(Mutton Korma)를 먹고 그 맛에 반해 몇 달 동안 식당에 찾아가 요리법을 가르쳐달라고 부탁한다. 그리고 2005년 9월, 세 명의 아이를 데리고 남편과 함께 올드델리에 자리를 잡았고 인도 음식에 대한 글을 자신의 블로그에 게재하기 시작해『Korma, Kheer & Kismet』라는 제목의 책을 출판하기에 이른다. 내가 2007년 5월에 델리에 도착했으니 약 2년 정도의 시간이 교집합처럼 겹쳐진다. 어쩌면 우리가 델리 어디에선가 마주쳤을까? 영화 〈세렌디피티(Serendipity)〉처럼 같은 시간, 같은 공간에 있으면서도 만나지 못했을지 모른다. 왜냐하면 팀즈의 인터뷰 기사를 보면, 내가 과일을 사거나 김치 담글 때 배추를 사러 가던 INA 마켓에 그 역시 채소를 사기 위해 들렀다는 것을 알 수 있다. 마주쳤다 해

도 서로를 몰라봤겠지만 말이다.

  그 책을 읽으면 올드델리를 돌아다니는 팀즈의 모습이 눈에 보이는 듯했고, 무더위 속에서 먼지와 싸우며 고군분투하는 나의 모습이 겹쳐지기도 했다. 그의 블로그 제목인 'eat and dust'는 델리의 현실을 잘 표현해 준다. 먼지도 많고 먹을 것도 많은 도시. 델리는 올드델리와 뉴델리로 나뉘는데, 올드델리는 타지마할을 건설한 무굴(Mughul) 제국의 제5대 황제 샤 자한(Shah Jahan)에 의해 1638년 조성된 도시이다. 뉴델리는 영국 식민지 당시 수도를 콜카타(Kolkata)에서 델리로 이전하면서 에드윈 루티엔스(Edwin Lutyens)의 설계로 영국식 건물이 들어서고 현대적인 도시의 모습을 갖추게 되었다. 올드델리의 생활은 어려운 점도 많지만, 진짜 델리를 체험하기에는 더없이 좋다.

  솔직히 고백하자면 자신이 잘 아는 몇 가지 이야기만 다루고 있는 팀즈의 책을 읽고 나도 인도 음식에 대해 책을 쓸 수 있겠다는 확신을 갖게 되었다. 그동안 자료를 준비하고 글을 쓰면서도 내가 과연 음식 관련 글을 쓸 수 있을까 반문했다. 수만 가지의 인도 음식 중에서 내가 잘 아는 몇 가지 이야기만 쓰면 되지 않을까 생각했다. '너무 많은 이야기를 하려 하지 말고 내가 경험한 것, 내가 알고 있는 것만 쓰자'라는 생각이 들면서 글을 완성할 수 있게 되었다.

  팀즈가 요리법을 알아내기 위해 몇 달이나 공을 들인 머튼 코르마를 비롯한 양고기 요리들은 대부분 유목민족인 무굴의 대표적 요리이다. 살아 있는 양은 영어로 'Sheep'이지만, 1년 미만의 양고기는 'Lamb', 그 이상은 'Mutton'이라고 부르는데 저칼로리, 저지방, 고단백 음식으로 콜레스테롤 함량이 육류 중에서 가장 낮고 무기질이 풍부해 건강에 도움을 주는 것으로 알려져 있다.

인도살이 초창기에는 양고기 요리를 거의 먹지 않았다. 왠지 꺼림칙한 느낌이 들었기 때문이다. 인도에 가기 전에는 단 한 번도 양고기 요리를 먹어본 적이 없었으니까. 그렇다고 매번 닭고기만 먹기도 질려서 어느 날은 양고기 요리를 먹어보기로 했다. 종업원의 추천으로 한 음식을 먹어 보니 예상외로 너무나 훌륭한 맛이었다. 매번 화덕으로 요리한 고기만 먹어온 결과 담백하고 고소한 맛은 있었으나 부드럽고 깊은 맛을 느끼지 못했는데, 그날 맛본 양고기 요리는 우리나라 갈비찜처럼 고기가 야들야들 절대로 부서지면서 살살 녹아내렸다. 양고기 특유의 누린내는 맡을 수 없었다. 고기가 마치 삶은 가지처럼 부드러우면서도 탱탱하고 소스도 찌개를 오래 끓였을 때처럼 감칠맛이 돌았다. 그때부터 양고기 요리를 조금씩 먹기 시작했지만 그날 먹었던 요리의 이름이 무엇이었는지는 기억하지 못했다. 그 식당 음식 중에서 가장 비싼 축에 들어 그날 딱 한 번 맛을 보고는 가격이 부담스러워서 더 이상 먹지 못했기 때문이다.

그 요리의 이름은 시간이 지나 아주 우연한 기회에 알게 되었다. 2018년 인도로 가는 비행기에서 인도 음식에 관한 다큐멘터리를 보는데 진행자가 로간 조쉬라는 음식을 먹고 극찬하는 장면이 나온 것이다. 서양인의 입맛에 그렇게 잘 맞는 인도 요리라면 나도 한 번 먹어 봐야겠다고 마음먹었다. 인도에 도착한 바로 다음날, 식당에 가자마자 제일 먼저 그 요리를 시켰다. 가격이 좀 비싸다는 생각을 하며 음식을 한 입 먹은 순간, 혀의 감각이 서서히 깨어나면서 느낌이 왔다. 맞다, 이게 바로 오래전 나를 감동시켰던 그 양고기 요리구나! 머릿속에는 저장이 안 되었지만 혀는 그 맛을 기억하고 있었던 것이다. 이렇게 인연의 고리가 맞춰지는구나 하는 생각이 들었다. 양고기 요리에 대해서는 쓸 말이 없다는 생각에 그냥 지나치려고 했는데 신기하게도 잊고 있던 추억이 떠올랐다. 해외여행 시 갖춰야 할 덕목 중의 하나가 바로 편견 깨기이다. 누린내가 난다는 선입견을 가지고 있다면 양고기 요리는 도저히 먹을 수 없다. 음식을 먹을 때 가장 꺼려지는 것은 무엇으로 만들었지 확신이 들지 않을 때이다. 양고기 요리지만 우리나라 매운 갈비찜 맛이 난다는 간단한 사실 하나만 알아도 메뉴를 선택하는 데 어려움이 없을 것이다.

로간 조쉬와 머튼 코르마의 공통점은 다양한 향신료의 사용과 긴 조리 시간이다. 파멜라 팀즈는 자신의 책에 이렇게 쓰고 있다.

"나는 부엌 밖에서 서성이며 요리사 아저씨의 어깨너머로 요리 과정을 주의 깊게 살펴보다가 새로운 재료를 첨가할 때마다 '양파가 갈색으로 변했을 때, 가람 마살라(Garam Masala)를 두 숟가락 듬뿍 넣고 계속 젓는다'처럼 자세히 적었다. 내가 머튼 코르마로 유명한 식당('Ashok and Ashok')에서는 30여 가지의 향신료를 첨가한다는 말을 들었다고 했더니 아저씨는 재미있다는 표정을 지으며 그 향신료가 무엇인지 정확히 알려주었다."

30여 가지의 향신료를 넣고 장시간 조리하는데 고기에서 누린내가 나면 오히려 이상할 것이다. 대표적인 양고기 요리에는 케밥(Kebab)과 샤슬릭(Shashlik)이 있는데, "케밥을 주문하면 밥도 주냐"는 친구의 말에 웃었던 기억이 난다. 인도에서는 밥을 따로 주문해야 한다. 케밥은 터키에서 유래되었다고 알려져 있지만, 비슷한 음식이 많아 단정 짓기도 힘들다.

영국 식민지 시절 영국인들도 아마 우리와 비슷한 고민을 했을 것이다. 소고기와 돼지고기를 자유롭게 먹을 수 없는 상황에서 그들은 양고기 요리를 선호하게 되었다. 우리가 닭고기 요리를 좋아하듯 말이다. 목양산업으로 유명한 영국에서 양에 관심을 갖게 된 것은 당연한 일이다. 그러나 아쉽게도 인도의 양은 크기가 작았다. 결국 영국인들이 선택한 방법은 영국식대로 양을 키우면서 고기를 얻는 방법이었다. 덕분에 양고기 요리는 더욱더 발달했고 지금처럼 어디를 가나 맛있는 양고기를 먹을 수 있게 된 것이다. 서울에 와서 살고 있는 지금 단 한 번도 양고기를 먹지 않았다. 우리나라에서도 샤슬릭이나 양꼬치 식당이 유행하고 있지만 굳이 서울에서 양고기를 먹어야 할 이유가 없으니까.

여행자들이여, 누린내가 날 것이라는 편견을 버리고

오직 인도에서만 제대로 맛볼 수 있는

인도식 양고기 요리 '로간 조쉬'에 도전해 보자.

한상차림 '탈리(Thali)'
– 우리나라 상차림과 닮은 왕궁의 한 상

금박무늬가 화려한 벽, 공작새 모양의 기둥 사이에 총천연색으로 빛나는 실크 옷을 입고 보석으로 치장한 터번을 두른 사람들이 가부좌를 틀고 있었다. 그들 앞에는 작은 그릇에 다양한 음식을 담아 차린 상이 놓여 있다. 라자스탄 왕궁의 삶을 보여주는 책에서 우리나라와 비슷한 이 상차림을 보고 놀라지 않을 수 없었다. 한 상에 모든 음식을 차려내는 문화가 거의 없는데 인도와 우리나라의 문화에는 닮은 점이 많이 있었기 때문이다.

아침에 눈을 뜨면 근처에 있는 힌두사원에서 들려오는 음악이 낯설지 않았다. 흥겨운 인도 전통음악도 익숙했다. 우리나라 전통음악과 신기할 정도로 비슷했는데, 전통악기에서도 공통점을 찾을 수 있다. 파괴의 신 시바가 들고 있는 다마루(Damaru)는 장구와 형태가 비슷하고 돌(Dhol)은 채를 양손에 쥐고 치는 모습이 똑같다. 꽹과리와 유사한 악기도 있고 농사에 사용되는 농기구, 맷돌, 의복도 많이 닮아 있다. 종결어미 '해', 의문사 '까'와 같은 말이 힌디어에도 있다.

포스터(Edward Morgan Forster)의 책 『The Hill of Devi』를 보면, 왕궁 연회의 탈리에는 열여덟 가지나 되는 음식이 나왔다고 한다. 황제가 여행할 때면 궁중요리사들은 항상 일행보다 먼저 목적지로 이동하여 황제가 도착하자마자 식사를 할 수 있도록 준비해야 했다. 50여 마리의 낙타가 짐을 실어 나르고, 모든 요리의 기본 재료나 다름없는 신선한 우유를 얻기 위해 50여 마리의 소까지 대동하고 다녔다 하니 그 규모를 짐작하기 어려울 정도이다. 특히 악바르(Akbar) 황제는 황실 주방의 격을 높이는 데 큰 역할을 했다. 그의 주방에 대한 관심으로 인도 요리에 혁명이 일어나 터키식, 페르시아식, 인도식이 조화를 이루게 되었다. 악바르 황제의 후원하에 주방은 독립된 기구가 되어 중요 부서로 격상되었으며, 요리사들 역시 존경 받는 지위를 얻었다.

마이소르(Mysore) 왕국에서는 150명의 요리사를 두어 채식 위주의 식사를 준비하고, 그외로 25명의 무슬림과 힌두 요리사가 육류 요리를 담당했다. 20여 명의 별도 요리사는 종교 행사 때 고기, 생선, 양파, 마늘을 넣지 않은 요리를 만들어 오직 성직자인 브라만들에게만 대접했다고 한다. 우리나라 불교에서는 오신채(파, 마늘, 달래, 부추, 흥거)를 금하고, 인도에서는 양파와 마늘을 금하는 것이다. 공통적으로 마늘을 금하는 이유는 무엇일

까? 마늘에는 항암효과가 있어 신체의 강한 에너지를 발산하게 만든다고 한다. 고요하게 내면의 소리에 귀를 기울이고 정신집중을 해야 하는 수행자에게는 맞지 않는 음식이다.

『선재스님의 이야기로 버무린 사찰음식』에 보면 다음과 같이 좀 더 확실한 답이 나와 있다.

"그런데 절에서는 왜 오신채를 금했을까? 항암식품으로 알려진 마늘을 예로 들면, 마늘은 인체의 힘을 일시에 모아 쏟아내는 기능이 있다. 암을 이기기 위해서는 강한 체력이 필요하므로 효과가 있다. 하지만 암과 같은 특별한 경우가 아니면 절제하는 것이 좋다. 오신채가 지닌 성질은 바깥으로 치닫는 힘이요, 들뜨게 하는 에너지이다. 힘자랑하는 사람이 힘으로 쓰러지듯이 흥분제 역할을 하는 오신채를 먹으면 자꾸 바깥으로 치달아 오히려 기력을 소모하게 되는 것이다. 고요히 마음을 지켜보고 내면의 에너지를 충전하고 정신집중을 해야 하는 수행자에게 오신채는 적당한 음식이 아니다."

탈리와 비슷하게 생긴 것이 인도인의 부엌에 필수인 마살라 다바(Masala Dhaba)이다. 우리 식으로 표현하자면 복합양념통으로 이 책의 표지를 장식하고 있다. 마살라는 강황 편에서 언급한 것처럼 각 가정마다 향신료를 독특하게 배합해서 만들어 그 집의 음식 맛을 좌우한다. 우리나라에서도 집집마다 장맛이 다른 것과 같은 이치다.

　라자스탄의 탈리가 왕족들의 화려한 연회에 사용되었기에 은으로 만든 그릇이 대부분이었다면, 남인도의 탈리는 일반인들이 주로 이용하던 자연친화적이고 소박한 방법이라고 할 수 있다. 바나나 잎 위에 음식을 종류별로 올려놓고 먹다가 식사가 끝나면 잎을 그대로 버리는 방법으로 결혼식이나 푸자 같은 제례의식에도 어울렸다. 많은 사람들이 모여 한꺼번에 식사를 하게 될 때 아주 유용한 방법이다. 탈리는 우리나라에서도 현재진행형이나 마찬가지다. 혼자 식사를 하게 될 때 우리는 작은 상에 반찬 몇 가지를 올려 놓고 텔레비전을 보면서 밥을 먹는다. 그릇만 다를 뿐 방법은 똑같다.

인도 여행의 추억이 그리워질 때면,
나만의 탈리를 만들어 보는 것은 어떨까.
반찬 몇 가지에 고추장, 간장만 꺼내 놓아도
훌륭한 탈리 한 상이 차려질 것이다.

디저트, 달콤한 유혹

— 젤라비(Jalebi), 애프터눈 티(Afternoon Tea)

인생이 과연 달콤할까? 그렇지 않다고 생각하는 나와는 달리 인도 사람들은 인생이 달콤하다고 믿는다. 인도에서 아이가 태어나면 달콤한 인생을 맛보라는 의미에서 가장 먼저 꿀을 핥게 한다고 들었다. 우리나라와 달리 어린아이들도 거창하게 생일잔치를 하는 인도에서 가장 중요한 의식은 생일을 맞이한 아이에게 엄마가 직접 달콤한 케이크를 먹여주는 것이다. 결혼식도 마찬가지여서 달콤한 디저트가 피로연에서 절대 빠지지 않는다. 달콤한 결혼 생활을 바라는 의미이다. 신혼여행이 영어로 'Honey moon'인 것만 봐도 누구나 달콤한 결혼생활을 꿈꾼다는 것을 알 수 있다.

설탕의 원료인 사탕수수의 원산지는 인도이다. 아주 옛날에는 치료약으로도 쓰였다. 재배한 상태 그대로의 사탕수수나 주스는 운반이 용이하지 않아 널리 퍼지지 못하다가 정제된 설탕의 형태로 가공이 가능해진 시점부터 세계로 퍼져나갔다. 5세기경 굽타 시대에 정제 기술이 생겨났고, 이 시기에 만들어진 설탕을 힌디어로 칸다(Khanda)라 불렸는데 오늘날의 캔디(Candy)가 되었다고 알려져 있다. 특히 뱃사람들과 승려들이 설탕을 전파하는 데 일조를 했다고 한다. 설탕의 원조답게 인도에서는 디저트를 만들 때 설탕을 원 없이 넣는다.

프랑스에 식당을 차린 인도 이민자 가족의 이야기를 그린 영화 〈로맨틱 레시피(The Hundred-Foot Journey)〉에 젤라비가 나온다. 인도 요리사가 프랑스 미쉐린(Michelin) 3스타가 되기까지의 과정이 영화의 주 내용이다. 치열한 생존 경쟁과 바쁜 나날들 속에서 회의감을 느낀 주인공이 생각해낸 음식이 바로 엄마가 만들어 준 젤라비였다. 엄마의 사랑이 듬뿍 담긴 음식을 떠올리기만 해도 위안을 받고 기분이 좋아진다.

다섯 살의 나이에 미아가 되어 호주로 입양된 주인공의 실화를 바탕으로 만들어진 영화 〈라이언(Lion)〉에서도 젤라비의 역할은 아주 인상적이다. 25년 전 헤어진 가족을 떠올리게 하는 매개체가 바로 젤라비였다. 이렇듯 누구나 본인의 인생 음식 한 가지는 있을 것이다. 그런데 대부분 그 인생 음식이 특별할 것이 없다. 엄마가 간단하게 끓여준 국수, 시장에서 사 먹었던 떡볶이, 친구와 함께 나눠 먹었던 붕어빵 등등. 영화 속 주인공 역시 마찬가지였다. 친구 집에서 벌어진 파티에서 한입 베어 문 젤라비는 시

공간을 초월해 서른 살의 주인공을 다섯 살의 어린아이로 돌아가게 만든 것이다.

젤라비는 우리나라의 약과와 비슷하다. 설탕을 밀가루에 버무려 튀기고 그걸 다시 설탕물에 졸인 '튀김 설탕 과자' 젤라비. 지역마다 젤라비의 형태는 조금씩 다르지만, 기름이 든 커다란 솥에 젤라비를 튀겨내는 모습은 인도의 거리 어디서나 흔히 볼 수 있는 풍경이다.

젤라비가 대중적인 간식이라면 우리나라의 다식과 비슷한 캐슈너트 바르피(Cashew Nut Barfi)는 다이아몬드 모양으로 잘라 은박지를 곱게 입힌 특별한 간식이다. 다식이 송화가루나 검은깨로 만든다면 캐슈너트 바르피는 캐슈너트의 가루를 이용해 만드는데, 공을 아주 많이 들이는 간식인 만큼 인도 최고 축제인 디왈리(Diwali) 때 주위 사람들과 선물로 주고받는다. 나도 현지인으로부터 둘레를 인조 진주로 장식한 화려한 상자에 담긴 바르피를 선물 받은 적이 있는데, 우리나라의 멋진 대나무 상자에 담긴 한과 선물세트와 참 많이 닮았다는 생각이 들었다. 너무 정성스레 포장해서 도저히 버릴 수 없어 서울로 가지고 오기까지 했다. 언젠가 인도를 추억할 때 꺼내 볼 수 있도록 말이다.

디저트의 집합체라고 할 수 있는 애프터눈 티(Afternoon Tea)는 1840년 대 영국의 베드포드 공작(Duke of Bedford) 부인인 애나(Anna)에 의해 시작되었다. 점심과 저녁 사이인 3시부터 5시 사이에 홍차와 케이크, 혹은 한입 크기의 샌드위치 등을 먹었다고 한다. 18세기 초에는 귀족들의 문화였지만 시간이 흐르면서 점차 중산층까지 확대되었고, 인도로 건너온 이후 여성들 사교문화의 중심이 되었다. 저녁을 늦게 먹는 습관이 있는 인도 사람들은 애프터눈 티 파티를 즐길 수밖에 없었다.

뉴델리에서 애프터눈 티를 즐기고 싶다면 임페리얼 호텔(The Imperial Hotel)에 가보자. 1936년에 세워진 이 호텔은 역사가 깊어 각 홀마다 볼거리가 가득하다. 한낮의 뜨거운 더위에 지쳐 한 발짝도 걷기 싫을 때, 에어

컨 바람이 시원하다 못해 춥게 느껴지는 호텔에서 우아하게 인도식 애프
터눈 티를 즐기고 있으면 쌓였던 여행의 피로가 순식간에 사라져 버린다.
나쁜 점이 있다면, 더 이상 밖으로 나가 여행을 계속할 마음도 함께 사라진
다는 것이다.

애프터눈 티의 본고장인 영국에서는 오히려 인도식 애프터눈 티가 유
행이라고 한다. 여름마다 열리는 애프터눈 티 주간에 인도 짜이와 파코라
(Pakora) 등의 간식이 포함된 것이다. 우리나라에도 인도 식당이 눈에 띄게
늘어난 것을 보면, 머지않아 젤라비가 길거리 간식으로 등장할지 모르겠
다. 백화점 푸드코트에서도 인도 음식을 손쉽게 맛볼 수 있는 시대가 되었
으니 말이다.

인도 여행 시 당이 떨어졌다고 느꼈다면
거리에서 젤라비를 사 먹어 보자. 생각보다 달지 않아 먹을 만하다.

중요한 식재료 빨락(Paalak)

— 인도의 채소

　봄비가 보슬보슬 내리던 어느 날, 나는 우산을 쓰고 마치 영화 〈사랑은 비를 타고(Singin' In The Rain)〉의 주인공처럼 발걸음도 가볍게 비를 맞으며 슈퍼마켓에 갔다. 봄비를 맞으며 동네를 걷는 것이 뭐 그리 대단할까 싶지만 2011년 4월 인도에서 막 도착한 내게 비는 축복 그 자체였다. 10개월 내내 비 한 방울 내리지 않는 곳, 도로에 먼지가 켜켜이 쌓여 있어 나뭇잎 색이 원래 무엇인지 알 수가 없는 곳, 먼지 때문에 걷는 것조차 힘든 곳에서 살다가 연초록 새싹이 돋아나는 가로수 사이로 맑은 공기를 마시며 두 발로 걸어가는 것은 원초적 자유를 누리는 것과 같다. 최고의 자유는 신체의 자유다. 우리나라에서 걸을 수 있다는 것이 자유라고 생각하는 사람이 몇 명이나 있을까. 오히려 걷기 싫어서 조금만 멀어도 차를 타려고 하는 사람이 대부분이지만 자연환경이 열악한 곳에서 살다온 나는 그 평범한 건기가 얼마나 큰 축복인지 알고 그것을 맘껏 누리고 있었다. 자유를 만끽하며 사온 재료는 음료수 몇 가지와 쑥 한 팩이었다. 냄비에 물과 된장, 마늘과 쑥을 넣고 담백하게 끓인 쑥국과 흰쌀밥, 김치만 놓고 점심을 먹는데 눈물이 날 만큼 맛있었다. 세상 그 누구의 식탁도 부럽지 않았고, 쑥 한 줌에 감사하는 마음을 되새긴 순간이었다.

어린 시절부터 먹으며 자란 익숙한 음식의 맛은 세월이 지나도 머리가 아닌 몸이 기억한다. 쑥은 어릴 때부터 제일 좋아하는 식재료였고, 무뚝뚝한 충청도 사람인 엄마가 보여줄 수 있는 유일한 사랑의 표현이었다.

"쑥 잔뜩 캐다가 강낭콩 넣고 떡 쪄 놨다. 시간 되면 가지러 오너라."

용건만 툭 던져놓고도 엄마는 하염없이 나를 기다렸다. 보고 싶다는 다정한 말도, 사랑한다는 직접적인 말도 아니지만 봄이 되면 자식이 좋아하는 쑥을 뜯으러 들로 산으로 향하던 엄마는 자식 입에 음식 들어가는 생각에 힘든 줄도 몰랐을 것이다.

나는 봄이 오면 연분홍 진달래보다, 샛노란 개나리보다 투박한 쑥 향기를 먼저 떠올린다. 4년 동안의 인도 생활에 지쳐 소박한 일상이 사무치게 그리워졌던 것일까. 그러나 다시 한국에 돌아왔을 때, 엄마는 더 이상 쑥을 캐러 다닐 수 없었다. 엄마의 두 다리가 말을 듣지 않게 된 것이다. 이제는 시장에서 파는 쑥을 사고 떡집에서 파는 쑥버무리를 사야만 한다.

인도에 도착해 맨 처음 슈퍼마켓에 갔을 때 어떤 채소를 먹어야 할지 참

파를 다듬고 있는 델리의 여인들.

으로 난감했다. 가장 흔한 양파, 오이, 무 같은 기본 채소를 장바구니에 담고, 또 뭘 사야 할지 망설이고 있는데 익숙한 채소가 보였다. 어디서 많이 본 듯한데 아닌 것도 같아 주인에게 확인해 보니 시금치였다. 우리나라 시금치처럼 단단하지 않고 잎이 연약해 보여 긴가민가했는데 확인한 순간 이제 살았다는 안도감이 밀려왔다. 다른 인도 채소는 먹을 생각도 못하고 무조건 시금치와 오이를 주식으로 요리하게 된 것이다.

인도 음식을 만들 때도 시금치는 아주 중요하다. 힌디어로 빨락이라고 하는데 이것을 이용한 음식이 다양하게 발달되어 있다. 시금치를 곱게 갈아서 치즈인 빠니르와 함께 끓인 음식은 언뜻 보면 떡이 들어간 매생이 국

과 비슷하다.

　시금치와 함께 우리 집 식탁을 빛낸 채소는 브로콜리였다. 서울에서라면 굳이 브로콜리까지 먹지 않아도 채소가 많지만 인도에서는 선택의 여지가 없었다.《타임(Time)》지가 선정한 10대 장수 음식 중의 하나인 브로콜리가 시장에 가면 지천으로 있으니 얼마나 다행인가.

　인도 사람들은 브로콜리와 비슷하게 생긴 흰색의 콜리플라워를 더 애용했다. 양파와 콜리플라워가 없으면 요리가 안 될 정도로 채식주의자들의 음식 어디에나 이 채소를 넣었다. 또 오크라라는 채소가 있다. 생긴 것은 파란 고추와 비슷하고 먹는 방식도 닮아 있다. 오크라를 우리나라 고추전 만들 때처럼 반을 갈라 거기에 온갖 양념을 넣고 튀겨서 먹기도 한다.

좌측부터 빨락, 자색 양파, 순무, 오크라.

인도에서 가장 많이 눈에 띄는 채소는 바로 '무'다. 힌디어로 '물리'라고 하는데 동네 채소가게는 물론 길거리에서도 라면 스프 비슷한 양념과 함께 많이 팔리고 있었다. 우리나라 무와는 그 생김새가 조금 다르지만 깍두기도 담고 물김치도 만들어 먹을 수 있으니 이 또한 얼마나 다행인가. 시금치만큼이나 반가운 마음에 '이제는 인도에서도 살 수 있겠구나' 하는 생각까지 들었다.

요가로 유명한 도시이자 힌두교의 성지인 리시케시(Rishikesh)에 갔을 때 소에게 보시하는 무를 팔고 있는 것을 본 적이 있다. 인도 사람들은 거리를 돌아다니는 소들에게 먹을 것을 베푸는데, 보통은 무의 뿌리를 사람

길이가 짧고 통통한 인도 오이와 마치 신부의 손에 들린 부케와 같은 콜리플라워.

이 먹고 잎사귀를 소들에게 주지만 이곳에 살고 있는 소들은 무를 통째로
차지한다.

　강화도 특산품인 보라색 순무도 채소코너에 가득한데, 평소 순무 김치
를 좋아했던 나는 그저 보는 것만으로도 기분이 좋아지고는 했다. 인도에
서는 15세기경부터 순무를 재배했다고 한다. 한겨울 인도의 농촌은 노란
꽃으로 가득하다. 끝도 없이 펼쳐지는 꽃의 물결이 인상적이다. 하지만 예
상과 달리 유채꽃은 아니고, 겨자꽃과 순무꽃이 대부분이라고 하는데 밭
주인에게 물어보거나 뿌리를 뽑아보지 않고서는 그게 무슨 꽃인지 알 수
가 없다.

인도 식당에서 제일 많이 애용하는 채소는 무엇일까? 아마도 오이와 양파가 아닐까 한다. 식당에 가면 대부분 라차(Laccha)라 부르는 오이와 양파, 토마토를 준다. 우리나라 오이와 달리 싱그러운 향기도 없고 아삭하지도 않아 맛이 별로 없다. 명색이 원산지인 인도 오이가 이렇게 맛이 없다니, 그래도 아예 없는 것보다는 나았다.

인도에서는 우리나라에서 흔히 볼 수 있는 흰색 양파가 아닌 자색 양파만 볼 수 있는데, 마늘보다 향이 순하고 호불호가 거의 없어 수많은 요리에서 다양하게 사용된다. 양파와 감자를 빼놓고는 인도 요리를 논할 수 없을 정도이다. 인도 식당에서 어떤 메뉴를 고를지 고민된다면 알루(Aloo), 빨락(Palak)이라는 말이 들어가는 음식을 주문하면 거부감 없이 먹을 만한 음식이 나올 것이다. 알루는 감자, 빨락은 시금치를 뜻한다.

인도의 더위에 지쳤다면
오이를 먹어 보자.
히말라야 등산보다 더 힘든
인도 더위를 이겨낼 수 있을 것이다.

인도 여행의 행복, 망고

− 인도의 과일

막강한 권력을 쥐고 온갖 부귀영화를 한 몸에 누리던 16세기 무굴제국의 제1대 황제, 바부르(Babur)와 21세기의 평범한 사진가인 나의 공통점은 무엇일까? 똑같은 인간인데 누구는 황제가 되어 호위호식하며 살고, 누구는 종이 되어 그의 명령에 따라 인간 로봇인양 살아야 하는 것을 생각해 보면 운명이라는 탯줄은 끊으려야 끊을 수 없는 세상에서 가장 강력한 줄이라는 생각이 든다. 다행히 바부르 황제와 나는 동시대인이 아니라서 감히 그와 동급으로 생각하며 내린 결론은 둘 다 망고를 비롯한 과일을 엄청 좋아한다는 것이다.

몰락한 로디왕조(Lodi Dynasty)를 멸망시키고 무굴제국을 세웠지만, 터키식 카불 요리를 좋아했던 바부르 황제의 입맛에는 델리 음식이 맞지 않았고 생활에도 불편한 점이 많았다. 게다가 독살의 위험에 항상 노출되어 있어 괴로워하던 바부르는 인도 음식은 과일마저도 맛이 없다며 끊임없이 불평했다고 한다. 인도 과일에 실망하여 왕실 정원에 다양한 종류의 과일을 심고 페르시아의 식물학자를 데려와 새로운 품종을 개발하기도 했던 바부르 황제의 마음에 든 단 하나의 과일이 있었으니, 그것이 바로 망고였다. 후에 악바르(Akbar) 황제는 과수농민들의 세금을 면제해주는 제도를 만들었고, 자항기르(Jehangir) 황제는 복숭아꽃과 살구꽃이 피는 북쪽 카슈미르(Kashmir) 지방을 떠나지 않았다고 하는데 무굴 황제들의 과일 사랑이 대단했다는 사실을 알 수 있다. 언젠가 나도 과실수가 가득한 정원을 갖게 된다면 바부르 황제와 두 번째 공통점을 만들 수도 있겠다는 야무진 꿈을 꾸어 본다.

  인도는 망고의 원산지로, 전 세계 망고 생산량의 65퍼센트를 차지하고 있다. 인도산 망고는 향이 좋고 맛이 탁월해 세계인이 사랑하는 과일로 자리 잡았다. 영화 〈빅토리아 & 압둘(Victoria & Abdul)〉에서 여왕이 압둘에게 망고가 무슨 맛인지 묻는 장면이 나온다. 영화 속의 인도인 압둘은 "오렌지와 복숭아를 섞은 맛"이라고 표현한다. 나라면 과연 망고의 맛과 향을 어떻게 표현했을까. 인도 신화 베다에서는 망고를 천국의 과일이라고 이야기한다. 우리나라에서는 복숭아를 신선의 과일, 천상의 과일이라고 표현하는데 거기에 오렌지의 상큼하고 달콤한 맛이 더해졌으니 과한 이야기가 아닌 것이다. 그리고 코끝을 찌르다 못해 내장 깊숙이 자리 잡고 있는 폐까지 도달할 정도로 강한 향이 인도 망고의 특징이라고 할 수 있다.

망고에 대한 생각을 한마디로 정의하자면 '망고를 먹을 수 있는 인도에 살아서 행복해요'였다. 인도살이가 아무리 어려워도 6월부터 시작되는 망고 철만 되면 매일 아침 망고 먹는 재미로 하루하루를 버티곤 했다. 과일을 밥보다 더 좋아하는 내게 과일을 사는 것은 정말 중요한 일이었다. 처음에는 뭣 모르고 길을 가다가 과일행상이 있으면 차에서 내려 과일을 샀다. 한번은 망고를 엄청 싸게 팔고 있기에 잔뜩 사서 집으로 돌아왔는데, 그것은 바로 먹을 수 없고 피클을 담가 먹는 초록망고였다. 망고의 종류를 제대로 알지 못해 일어난 해프닝이었다. 그다음부터는 가격이 조금 비싸더라도 현지인들이 가는 일반 슈퍼마켓에 가게 되었다. 한곳에 꾸준히 가게 되니 다양한 정보를 얻을 수 있어 잘 알지도 못하는 과일을 사서 낭패 보는 일이 없어서 좋았다. 또한 길거리 상점에서 볼 수 없는 최상품의 망고를 맛볼 수 있었다.

인도에서 가장 많이 유통되는 망고의 종류는 20여 가지로 출하되는 시기가 조금씩 다르다. 그때그때 새롭게 출하되는 망고를 4년 넘게 사서 먹었는데도 기억나는 이름은 몇 개 되지 않고, 가격이 천차만별이었던 것만 확실히 기억한다. 어느 날 망고 가격을 물어보고 기존 망고보다 너무 가격이 높아 구매를 망설이는 내게 과일 가게 주인이 이야기했다. "철이 지나면 아무리 큰돈을 내도 먹을 수가 없으니 지금 사 먹으라"고. 듣고 보니 맞는 말이었다. 더구나 인도에 계속 살 것도 아니어서 언제 다시 이 맛있는 알폰

구르가온의 과일 가게.

소 망고(Alphonso Mango)와 초사 망고(Chausa Mango)를 먹게 될지 알 수 없

는 노릇 아닌가. 제철이 지나면 최소한 1년을 기다려야 다시 먹을 수 있는

망고. 서울로 돌아가면 다시 맛보기 힘든 제철 망고. 비싼 값을 치르더라도

반드시 먹어야만 할 이유가 생각보다 많았다. 한국으로 돌아온 지 어느덧

8년의 시간이 흘렀고 우리나라 슈퍼마켓에도 망고가 지천으로 있지만, 그

때 먹었던 망고만큼 크고 맛있는 망고는 먹을 수 없다.

　망고 외에도 현지 한국인들에게 인기가 좋은 리치는 5월, 6월이 제철인

과일로 수분이 많고 달콤하여 인도의 폭염 속에서도 열사병에 걸리지 않

아그라에서 만난 천진한 노점상.

게 해준다. 출하되는 기간이 짧기 때문에 부지런한 주부들은 대량으로 리치를 사서 김장하듯 냉동고에 얼려 놓았다가 두고두고 꺼내 먹는다. 아무리 냉동을 하더라도 현지에서 나는 과일로 만들었기에 우리나라 뷔페식당에서 먹는 냉동리치와는 비교가 불가능할 만큼 맛의 차이가 난다. 리치와 비슷한 과일 중에 롱안(Longan)이라는 것이 있는데 알감자처럼 생겼다. 람부탄(Rambutan)도 비슷한 과일인데, 붉은색 털이 뒤덮인 듯한 모양으로 리치와는 확실히 구별된다.

바부르 황제가 맛이 없다고 불평했다는 멜론도 지금은 종류도 다양하고 맛도 향상되어 내가 자주 먹은 과일 중의 하나가 되었다. 그리고 가을이 되면 아주 잠깐이지만 카슈미르 지방에서 대봉감이 소량 생산된다. 정작 인도 사람들은 잘 알지도 못하고 선호하지 않는 과일이라 동네 마켓에서는 구하기 힘들고 가격도 비싼 편인데도 대봉감을 좋아하는 한국 사람들은 그 복잡한 INA 마켓까지 가서 몇 상자씩 사온다. 대봉감 역시 잘 익혀서 냉동고에 보관하면 아이스크림처럼 맛있게 먹을 수가 있어서 한국 사람들이 빼놓지 않고 산다. 인도에서는 제철과일만 구할 수 있어서 그때그때 원하는 과일이나 음식이 있으면 많이 사서 무조건 냉동고에 저장해야 한다. 그래서 일반냉장고, 대형냉동고, 김치냉장고 등 세 대 이상의 냉장고가 필요하다. 멀고 먼 타국에서 입맛 까다로운 한국 사람들이 생존하기 위한 하나의 전략이라고 볼 수 있다.

그리고 사과를 빼놓을 수 없다. 내가 어릴 때 인도 사과라는 품종이 있었다. 초록색이었다가 노란색으로 익어가는 아주 특이한 사과였다. 맛도 시원하기보다는 부드러운 카스텔라와 비슷하다. 이 인도 사과나무 한 그루가 있어 전기도 안 들어오던 시골에서 특이한 인도 사과를 맛볼 수 있었다. 인도 사과는 아삭하고 상큼한 부사에 밀려 어느 날 소리 없이 자취를 감춰버렸는데 인도에 가니 바로 그 사과가 있었다. 이미 부사에 길들여진 내 입맛에는 맞지 않았지만 신기한 생각이 들었다. 히말라야 옆 동네인 심라는 해발 2천 미터가 넘는 고지대라서 사과산지로 유명하다. 한주먹에 쏙 들어올 정도 적당한 크기에 부사와 비슷한 맛이라서 자주 사 먹었다. 그리고 로비에 사과바구니를 비치해 놓아 오며 가며 사람들이 마음대로 집어 먹을 수 있도록 한 호텔도 있었다. 사과는 비상식량 역할도 한다. 들고 다니며 먹기 편하고 한 개만 먹어도 포만감이 밀려오기 때문이다. 다른 열대과일은 몰라도 사과만큼은 만만히 사 먹을 수 있다. 입맛이 없다면 과일가게에 가서 꼭 사과를 사 먹어 보도록 하자.

마지막으로 겨울에 먹을 수 있는 과일은 바로 씨 없는 청포도. 요즘은 우리나라에서도 칠레산 씨 없는 포도를 쉽게 찾아볼 수 있지만 인도의 청포도와는 그 맛이 비교도 되지 않는다. 달콤한 맛은 말할 것도 없고, 수분 가득 톡톡 터지는 상큼함이 매력적이어서 한 번 먹기 시작하면 포도가 눈앞에서 다 사라질 때까지 멈출 수가 없다. 혜초 스님의 인도 여행기 ≪왕오천축국전≫에도 포도에 대한 이야기가 등장한다. 스님이 맛본 과일 중에서 포도가 가장 인상적이었을까? 스님의 여행기에 다음과 같은 구절이 있다.

"이 땅(카슈미르)에는 구리, 철, 모직물, 천, 펠트, 소, 양 등이 난다. 그리고 코끼리, 작은 말, 멥쌀, 포도 같은 것도 있다."

인도 과일 중에 파파야도 있는데, 나는 일부러 사 먹은 적이 없다. 과일을 좋아하지만 이상하게 파파야에는 선뜻 손이 가지 않았다. 취향이라는 것은 그리 쉽게 변하지 않는다. 남들이 아무리 맛있고 몸에 좋다고 해도 내 입에 맞지 않으면 아무 소용이 없다.

아담 리스 골너(Adam Leith Gollner)의 책『과일 사냥꾼(The Fruit Hunters)』에 나오는 이야기를 읽고 과일의 본질에 대해서 생각해 보기도 했다.

파파야 장식으로 멋을 낸 가판대.

"과일을 먹으면 어린 시절의 기억뿐 아니라, 인류가 초기 진화하던 때가 떠올랐다. 과일을 즐기고 있자면, 숲에서 살아남기 위해 과일을 먹어야 했던 선조들과 피를 나눈 느낌이 들었다. 두리안과 타랍(Tarap), 바라밀을 바라보고 맛보고, 마주하면 피질하부에 있던 원시시대의 기억이 되살아나면서 맥박이 빨라진다. 이는 머나먼 옛날, 나무 사이를 오갈 때의 그 느낌일 것이다."

그의 말처럼 어디에서든 망고를 보면 피질하부에 잠재해 있던 추억이 되살아난다. 망고 철을 기대하며 힘든 더위도 이겨내고, 대책 없이 쏟아지는 장대비를 보면서 창살 없는 감옥에 갇힌 기분이 들었던 그 시절, 오로지 망고 먹는 재미로 버텼던 그 아득한 시간을 떠올린다.

망고 철에 인도를 여행하게 되면
제일 비싼 망고를 사서 먹어 보자.
황제라도 된 듯한 기분으로.
어쩌면 평생에 단 한 번뿐일 수도 있는
기회를 놓치지 말자.

음식의 맛은 역시 손맛
— 그들은 왜 손으로 음식을 먹는가?

　'인도인의 식사' 하면 많은 사람들이 손으로 음식을 집어먹는 모습을 떠올린다. 그리고 마치 그것이 미개한 행동인 것처럼 비아냥대기도 한다. 인도에서 살다 왔다고 하면 "너도 손으로 음식을 먹냐"며 무례한 질문이 돌아오기도 해서 어린 딸아이가 상처를 받기도 했다. 문화의 다양성을 이해하지 못하는 사람들이 많다는 사실에 당혹감을 느꼈다. 인도 사람들이 음식을 손으로 먹는 데는 다 이유가 있다. 크리샤 고팔 두베이(Krisha Gopal Dubey)는 자신의 책 『The Indian Cuisine』에서 다음과 같이 이야기한다.

　"인도인들은 음식이야말로 인생의 필수불가결한 요소이며, 모든 음식에는 신성이 깃들어 있다고 믿는다. 또한 신이 인간의 안녕과 생존을 위해 음식을 준비한 것이라 생각한다. 인도 요리의 기본인 아유르베다에 의하면 우리의 몸은 아주 작은 세포로 구성되어 있고, 우리가 느끼는 감정과 연관되어 있다고 한다. 신체의 일부인 손가락은 각각의 세포마다 다른 형태를 지니고 있으며 인간의 감정에 반응한다. 생명유지에 절대적인 부분인 음식을 만지는 행위를 함으로써 우리들은 극도의 만족감을 얻게 되고 손가락은 저마다 우리의 마음속에 있는 감각과 연결되는 것이다. 인도 음식은 커리와 달이 주를 이루며 빵이나 쌀과 함께 먹도록 되어 있다. 음식을 손으로 먹으면서 손가락에 한 점의 음식도 남기지 않고 쪽쪽 빨아 먹을 때 사람들은 엄청난 희열을 느끼기도 한다. 또한 먹을 때 개인에 맞게 양 조절을 할 수 있다. 햄버거나 커리 혹은 난과 같은 빵을 칼과 포크로 먹는 모습은 상상할 수 없다. 아무리 도구사용에 익숙해져 있다 하더라도 손으로 음식을 먹는 것이 더 쉽다. 손으로 음식을 먹으려면 어쩔 수 없이 먹기 전과 먹은 뒤에 손을 깨끗하게 씻어야 하므로 위생적이다."

   인도를 비롯한 열대지방에서는 대부분 커다란 바나나 잎에 음식을 담아서 손으로 먹는다. 설거지가 필요 없고, 상상을 초월하는 더위 속에서 식기에 세균이 번식하는 것을 걱정할 필요가 없으니 오히려 위생적이고 자연친화적인 음식 문화라고 할 수 있다. 또한 손으로 음식을 먹어야 하니 인도에는 뜨거운 국물 요리나 먹기 불편한 국수 요리가 없다. 국물 요리를 워낙 좋아하는 한국인들에게는 제일 아쉬운 부분이다. 특히 으슬으슬 추워지는 겨울에도 일본 음식점의 우동이나 베트남 음식점의 쌀국수 외에 따끈한 국물 요리는 찾아볼 수 없었다. 인도 음식을 소개하는 두툼한 책자를 뒤져

봐도 찾지 못했다. 국수가 먹고 싶으면 중국 음식점에 가는 것이 가장 빠른 방법이다.

　인도 사람들 중에는 복부 비만인 사람들이 많은데, 그들 중 대부분이 채식주의자라는 사실에 의혹을 가지게 되었다. 우리가 알고 있는 대표적인 채식주의자인 간디(Mahatma Gandhi)의 몸은 앙상하게 뼈만 남아 있지 않은가. 그 의문은 그들의 식사시간을 보면 풀린다. 우리나라 사람들은 이르면 오후 5시, 늦어도 저녁 8시 정도에는 식사를 한다. 그런데 인도 사람들은 그 시간에 식사를 시작조차 하지 않는다. 처음 인도 식당에 갔다가 화가

스와가트 식당 입구에 있는 가네쉬상.

잔뜩 난 적이 있었다. 오후 6시에 도착해 자리를 잡았는데 식사가 7시부터 된다는 것이었다. 그 시간에 주문을 한다고 음식이 금방 나오는 것도 아니었다. 거의 한 시간은 기다려야 주문한 음식이 나오니, 나중에는 배고픔을 참지 못하는 아이를 위해 먹을 음식을 따로 챙겨 가지고 다니게 되었다. 저녁 8시가 넘은 시각이 되어야 식당에 인도인들이 한두 명 정도 들어온다. 우리 가족이 식사를 마치고 식당을 나서는 시간이 되면 식당은 손님들로 가득하다. 일반 가정에서는 대부분 밤 10시나 11시쯤 저녁을 먹고 곧바로 잠자리에 든다고 하니 복부 비만인 사람이 많은 것도 무리는 아니었다.

결혼식 역시 마찬가지인데, 청첩장에는 저녁 8시에 예식이 시작된다고 씌어 있지만 그 시간에 맞춰 결혼식장에 가면 아무도 없다. 한 번은 결혼식이 취소된 줄 알고 당사자에게 전화를 한 적도 있었다. 델리에서 찬디가르까지 몇 시간을 걸려서 식장에 도착했는데 예정시간보다 훨씬 늦은 2시간 뒤에나 결혼식이 시작된다고 하니, 다시 델리로 돌아오는 시간을 감안해 보면 도저히 결혼식에 참석할 수가 없어 축의금 봉투만 전달하고 다시 되돌아 올 수밖에 없었다. 왕복 8시간 넘게 차를 타고 가서 결혼식의 그림자도 못 본 것이다. 델리에서 열렸던 결혼식에서는 피로연 음식을 보고 황당했던 적도 있다. 채소부터 고기까지 모두 튀겨진 음식이라 속이 울렁거려 많이 먹을 수가 없어 집으로 돌아와 한식으로 다시 끼니를 해결하기도 했다.

복부 비만의 이유는 조리법에서도 찾을 수 있다. 인도 요리는 양파나 마늘에 기름을 듬뿍 넣고 볶으면서 시작하거나 아예 기름에 넣고 튀긴 음식들이 많다. 대표적인 길거리 음식인 사모사(Samosa) 역시 기름에 튀긴 음식이다. 이런 조리법이 발달하게 된 까닭은 조금만 부주의하면 음식이 상해버리는 기후 때문이다. 고온에 음식을 튀겨 안전성을 확보하는 것이다.

인도에 도착한 첫날 아침, 창밖으로 놀라운 광경이 펼쳐지고 있었다. 새벽 5시, 요란한 트럭 소리에 잠에서 깨어나 베란다 아래를 내려다보고는 무슨 일인지 짐작조차 가지 않아 남편에게 물어보았다. 마을 사람들이 바가지 하나씩을 들고 아파트 앞 풀숲에 들어가 앉아 있다가 일어나서 각자 집으로 돌아갔던 것이다. 사람들이 사라지고 나면 돼지들이 꿀꿀거리며 그 주위를 돌아다녔다. 남편은 집안에 화장실이 없는 사람들이 풀숲에 대변을 보고 뒤처리를 하기 위해 물 한 바가지를 들고 가는 것이라고 대답해 주었다. 돼지들이 그 주변을 돌아다니는 이유는 사람들의 배설물을 먹어 치우기 위해서라고 했다. 만약 매일 사람들이 풀숲에서 대변을 보고 아무도 치우지 않는다면 전염병이 창궐할 수밖에 없을 것이다. 돼지들 덕분에 전염병이 돌지 않는 것이다. 2014년도에 취임한 모디 총리의 최대 과제는 화장실 건설이었다. 인구 12억 중 절반만 화장실을 이용할 수 있다고 하니 그 문제가 얼마나 심각한지 알 수 있다.

인도의 한 해변에 아침마다 사람들이 모여들어 각자 모래에 구멍을 파고 용변을 본다는 다큐멘터리를 본 적이 있었다. 그때는 무심코 지나쳤는데, 내가 사는 아파트 베란다에서 그 광경을 직접 보게 될 거라고는 상상도 못했다. 문화적 충격이었다. 차를 타고 가다 보면 어미돼지와 새끼돼지들이 나란히 가는 모습을 자주 볼 수 있었다. 돌봐주는 주인이 있는 것일까? 현지인에게 물어봤더니 주인이 있어도 먹이를 주기 어려운 형편이라 돌아다니면서 스스로 먹이를 찾아 먹는다고 했다.

위에서 이야기한 이유로, 인도인들은 양손을 완전히 분리해서 사용하게
되었다. 왼손은 뒤처리할 때 사용하는 불결한 손, 오른손은 음식을 먹는 청
결한 손이다. 인도에서 지켜야 할 예절 중의 하나가 바로 왼손으로 물건을
건네지 말라는 것이다. 상대방을 모욕하는 뜻으로 오해받을 수 있다. 위생
적인 면에서 볼 때는 휴지로 닦는 것보다 물로 씻는 편이 훨씬 낫다. 인도
화장실 변기에는 비데 기능이 없지만 작은 샤워기가 달려 있다. 물로 한 번
씻어내고 물기는 휴지로 닦으면 되니 깔끔한 뒤처리가 가능하다.

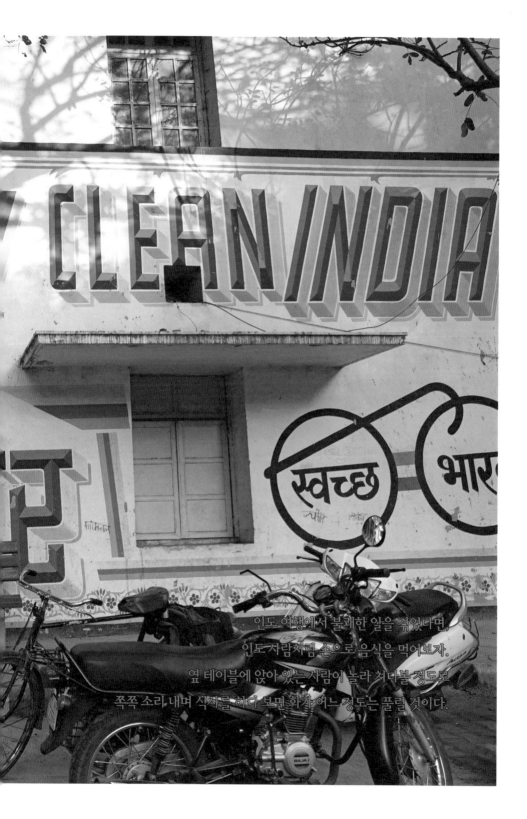

인도 여행에서 불쾌한 일을 겪었다면,
인도 사람처럼 손으로 음식을 먹어보자.
옆 테이블에 앉아 있는 사람이 놀라 쳐다볼 정도로
쪽쪽 소리 내며 식사를 하다 보면 화가 어느 정도는 풀릴 것이다.

마지막 만찬, 인도와의 인연

― 인도 식당 메뉴판 이야기

2018년 2월, 10년 만에 인도 땅을 다시 밟았다. 인디라 간디 국제공항 (Indira Gandhi International Airport)에 착륙하기도 전에 창문 밖으로 보이는 뿌연 먼지가 인도에 도착했다는 사실을 실감하게 해주었다. 뉴델리의 겨울은 심각한 미세먼지로 뒤덮여 집 앞의 나무조차 흐릿하게 보이는 날이 많으니 말이다.

『인도, 음식으로 말하다』를 기획한 것은 2015년 8월 즈음의 일이었다. 인도 신화에 관한 책을 낸 후, 인도 음식을 함께 먹을 때마다 메뉴를 골라 달라고 부탁하는 지인들을 보면서 떠오른 생각이다. 4년 동안 인도에서 '끼니마다 밥 해 먹고 살기' 임무를 무사히 수행했으니 가능할 듯했다. 문제는 사진이었다. SNS에 그 흔한 음식 사진 한 장 제대로 올리지 않는 내가 인도에 살면서 먹었던 음식 사진을 찍어 뒀을 리 만무했다. 그동안 인도 음식에 관한 자료를 모으고 잊어버리지 않기 위해 써둔 글도 조금씩 정리하고 있었지만, 텍스트보다는 사진가의 눈으로 본 인도 음식이 콘셉트인데 마땅한 사진이 없으면 책을 낼 수 없다는 생각에 더 이상의 진전이 없었다.

그런데 인생은 빗나간 일기예보처럼 좋든 싫든 예상대로 흘러가지 않는다. 기약 없이 미뤄진 『인도, 음식으로 말하다』 출간은 인도에서 알게 되어 친하게 지낸 동생의 남편이 회사 발령을 받아 다시 인도로 가게 되었다는 소식을 듣고 활기를 찾았다. 이것이야말로 우연이고, 우연이 질긴 인연이 되어 운명으로 다가온다는 생각이 들었다. 2005년도 전시 콘셉트인 '타인의 직접적인 삶'과 나의 삶이 교차되면서 참으로 기막히게 인도와의 운명이 이어지고 있었다. 그렇지만 이후로도 1년 가까이 아무런 결정을 내리지 못한 채 시간은 흘러만 갔다. 타인의 삶과 나의 삶이 연결되어 인도로 이끄는 듯한 강렬한 느낌을 떨칠 수 없으면서도, 갱년기를 맞아 의욕은 바닥으로 곤두박질치고 사춘기 딸은 사사건건 불평불만을 늘어놓고 있어 스트레스가 극에 달한 상황이었다. 게다가 아직은 어린 초등학생 딸아이만 두고 혼자서 훌쩍 떠나는 것도 쉽지 않았다. 하지만 시간이 모든 것을 해결해 주었다. 갱년기 증상도 호전되고 딸아이 역시 그 사이에 많이 성장했다. 여러 사건들이 일시에 해결되면서 인도행을 결정할 수 있었다.

그래, 가자 인도로!

토분으로 만든 인도식 물항아리.

    8박 9일 동안 델리 곳곳을 누비고 다녔다. 외부에서 식사할 때는 무조건 인도 음식을 함께 먹었다. 인도에 거주하는 대부분의 한국 사람들이 현지 음식을 별로 좋아하지 않는데, 다행히 동생은 나보다 더 인도 음식을 좋아하고 잘 먹었기 때문에 인도 음식 탐방에 최고의 동반자였다. 칸 마켓(Khan Market)에 함께 가서 인도 음식에 관한 책도 여러 권 샀다. 이 모든 것을 가능하게 해준 고마운 친구와 어디서 마지막 만찬을 할까? 고민할 것도 없었다. 세계적으로 유명한 인도 식당 부카라(Bukhara)에서 먹으면 되는 일이었다.

부카라 식당 내부 모습.

    부카라는 ITC 마우리야(Maurya) 호텔 내에 있는 식당으로, 1977년 문을 연 이후 수많은 유명인사들이 찾은 식당으로 명성이 자자했다. 빌 클린턴 미국 전 대통령이 찾아가 식사한 것을 계기로 더욱더 유명해졌다고 한다. 인도에서 사는 동안에는 부담스러운 가격 때문에 갈 엄두조차 내지 못했다. 하지만 이번에는 부카라에서 식사해야 할 이유가 두 개나 있었다. 우선, 나를 인도로 이끌어준 동생에게 고맙다는 인사를 해야 했고, 두 번째는 책 출간을 위한 자료 조사 차원에서의 이유였다. 긴 인생의 여정 속에서 좋은 동반자와 8박 9일 동안 함께하며 잊을 수 없는 기억의 한 페이지를 써내려갔다는 사실을 자축하기 위한 최고의 장소인 것이다.

개업한 지 40년이 넘은 부카라는 그동안 인테리어를 한 번도 변경하지 않아 소박한 인도 북서부의 국경지대 스타일이 그대로 남아 있었다. 이곳에서 가장 인기 있는 메뉴는 어마어마한 크기를 자랑하는 난인데, 인터넷을 조금만 뒤져봐도 수많은 인증 사진을 눈으로 확인할 수 있다. 두 명이서 그 큰 난을 다 먹는 것은 불가능하다는 판단하에 난을 주문하지 않았다. 우리가 자리에 앉자 종업원이 앞치마를 두르라고 일러주었다. 그리고 새로운 경험을 하고 싶다면 나이프와 포크를 사용하지 말고 손으로 먹어볼 것을 권유했지만, 우리는 정중하게 거절하고 메뉴판을 부탁했다.

인도 식당의 메뉴는 크게 네 가지로 나뉜다. 'Veg', 혹은 'Non-Veg', 각종 빵, 마지막으로 디저트이다. Veg는 채식주의자를 위한 메뉴이고, Non-Veg는 비채식주의자를 위한 것이다. 육식 메뉴의 주재료는 닭고기, 양고기, 해산물 등이 있는데, 좀 더 세부적으로는 'Dry'한 것과 'Gravy'한 것으로 다시 나눌 수 있다. Dry의 대표적인 메뉴는 탄두리 요리이다. Gravy한 메뉴는 걸쭉한 소스를 뜻하는 것으로 커리 등을 말한다. 손님이 Dry한 메뉴만 주문하면 종업원이 "난은 어떻게 먹을 거냐"고 물을 것이다. 대부분 커리에 난을 찍어 먹기 때문이다. 델리의 유명한 체인 음식점인 스와가트(Swagath)는 밥 종류인 브리야니, 케밥, 메인 코스 등으로 메뉴를 나눠 놓았다. 다른 지역을 대표하는 음식점에 가면 또 다른 구성일 수도 있지만, 비슷한 틀에서 크게 벗어난 곳은 없다.

채식주의자를 위한 메뉴의 주재료는 콩인데, '달(Dal)'이라는 단어가 들어간 요리를 주문하면 한국 사람들 입맛에도 잘 맞는다. 대표적인 메뉴로는 '달 마크니(Dal Makhani)'가 있다. 감자가 주재료인 요리에는 '알루(Aloo)'라는 말이 들어가는데, '알루 고비(Aloo Gobi)'는 토마토, 콜리플라워, 감자 등이 들어가는 볶음 요리로 감자 채소 볶음 같은 스타일이고, '알루 고스트(Aloo Gosht)'는 양고기를 뼈째 넣고 감자와 함께 푹 삶는 요리이다. 채식주의자에게는 맞지 않는 음식이니 주문 시 주의해야 한다. 그리고 '알루 키 티키(Aloo Ki Tikki)'는 감자에 양념과 다진 고기를 넣고 동그랗게 빚어 부치는 음식이다. 이외에도 감자가 들어간 요리는 지역마다 다양하다. 숙성시키지 않은 인도식 치즈인 파니르(Paneer) 역시 우리 입맛에 맞는 음식으로 추천할 만하다.

여행의 마지막 날, 가장 멋진 곳에서 만찬을 즐겨보자.
두 번 다시 그곳에 못 갈지라도 후회는 없게.

달 밝은 밤에 고향 길을 바라보니

뜬구름은 너울너울 돌아가네

그 편에 감히 편지 한 장 부쳐 보지만

바람이 거세어 화답이 안 들리는구나

내 나라는 하늘가 북쪽에 있고

남의 나라는 땅끝 서쪽에 있네

혜초가 쓴 기행문 ≪왕오천축국전≫에 나오는 시의 일부이다.

인도를 최초로 여행한 한국 사람은 누구일까? 자료에 의하면 혜초 스님
이 바로 그 주인공이다. 서기 723년, 약관의 나이에 중국 해안지방인 광주
에서 인도(천축국)로 가기 위해 배를 탔다. ≪왕오천축국전≫은 5개의 천축

국, 즉 동천축국, 서천축국, 남천축국, 북천축국, 중천축국에 다녀온 이야기라는 뜻이다. 중천축국(현재의 카나우지 부근)에서 남천축국(현재의 뭄바이 근처 지역)으로 석 달 남짓 걸어가다가 이 시를 지었다고 한다. 지금은 비행기로 몇 시간이면 갈 수 있고, 편지는 인터넷을 통해 몇 초면 도착하는 시대에 살고 있는 우리로서는 상상조차 할 수 없는 아주 긴 여행. 스님은 아마 여행이 아닌 고행하는 마음으로 이 시를 지었을 것이다. 석 달, 거의 100일에 가까운 시간 동안 걸어서 이동하며 길 위에서 삼시 세끼를 해결했을 것이다. 요즘 사람들은 고작 10시간 정도인 비행시간조차 힘들다고 엄살을 부리는데 혜초 스님은 엄청난 고행의 길을 걸었다.

　≪왕오천축국전≫은 원래 총 세 권이었는데, 지금은 축약본만 남아 있다고 하니 안타까운 마음이다. 원본이 남아 있다면 8세기 한국 사람의 시각으로 본 인도의 모습이 매우 흥미롭게 서술되어 있을 텐데 볼 수 없으니 아쉽고 또 아쉽다. 인터넷을 매개로 한 정보의 홍수 속에 살고 있는 지금, 내가 인도에 살면서 느꼈던 감정과 지식이 그 옛날의 것에 비해 가치가 높아졌는지는 알 수 없다. 나의 이야기가 혜초 스님의 기행문처럼 오랜 시간이 흐른 후에 회자되고 연구될지 궁금하기도 하다. 혜초 스님이 인도에 도착한 해와 내가 인도에 도착한 해를 따져 보니 정확히 1,284년의 격차가 있었다. 또다시 1,284년이 지나고 나서 누군가 인도를 방문해 기록을 남길까 하는 생각도 해본다. 그때까지 인도라는 국가와 한국이라는 국가가 존재해야 가능한 이야기겠지만 말이다. 내가 비행기로 9시간 걸려 도착한

산스크리트 박물관에 전시된 항아리.

그곳을 3000년대 사람들은 얼마 만에 도착하게 될지 추측해 보는 것도 재미있다. 공상과학영화에서나 보았던 순간이동이 가능해질까? 만일 그렇다면 미래의 사람들이 우리 선조들은 그렇게 힘들게 여행했다는 사실을 알고, 내가 혜초 스님의 고행에 측은한 마음을 가졌듯이 나를 가엽게 생각할지도 모르겠다.

8세기 인도 사람들은 무엇을 먹고 살았는지 궁금해 혜초 스님의 여행기 중 음식 관련 부분을 자세히 살펴보았지만, 현재까지 이어져 오는 식재료들은 쌀과 밀가루, 우유 정도로 자세한 음식 이야기는 거의 없었다.

요리를 잘 못하고 싫어한다고 공공연하게 떠들고 다니는 내가 인도 음식에 관한 책을 낸다는 것이 어쩌면 모순처럼 들릴 수 있을 것이다. 그러나 4년 동안 인도에 살면서 삼시 세끼를 해결하는 가장 큰 숙제를 해냈다는 사실이 이 책을 쓰게 해준 원동력이다. 아침을 준비하고 식사를 끝내고 먹은 것을 치우고 나면 점심시간이 돌아오고, 저녁시간이 돌아오는 것이 마치 신들을 기만한 죄로 거대한 바위를 산 정상에 들어 올리고, 바위가 굴러떨어지면 또 들어 올리는 무한의 벌을 받는 시시포스(Sisyphos) 신화를 떠올리게 했다.

40년을 넘게 살아온 한국 땅에서는 밥 짓는 일이 특별할 것 없는 일상이었다. 익숙한 재료, 익숙한 요리법, 손에 익은 조리도구와 주방, 자연스럽게 몸에 밴 일상 그 자체. 인도에서는 한 끼의 식사도 쉽지 않은 고된 노동이었다. 서울로 돌아와 김밥 한 줄, 어묵 꼬치 한 개로 간단히 점심 한 끼를 해결하고 나면 인도에서의 생활이 거짓말처럼 느껴지기도 하고 조금은 억울한 마음도 들었다. 이제 인도 음식은 특별한 날에나 하는 외식 메뉴일 뿐이다. 이곳에서 인도의 일상을 반추하며 작은 기억의 한 조각도 더듬어 본다. 그때는 여유가 없어 생각지도 못했던 것들을 떠올리며 정리하는 것이다. 출퇴근 시간의 만원 지하철처럼 복잡한 인도의 삶이었지만, 시간이 지나 다시 원래 있던 자리로 돌아왔다. 아니, 그 젊은 시절이 그리울 때도 있다. 서울에서의 일상은 한가한 휴일 오후에 전철을 타고 가는것과 같다. 마음편하게 언제 어디서든 내가 원하는 음식을 마음껏 먹을수 있다. 인도 음식을 보아도 현기증을 일으킬 만큼 징글징글했던 인도 더위도 더이상 떠오르지 않는다. 지금은 나에게 인도 요리는 향신료가 듬뿍 들어간 이국적인 요리인것이다.

마지막으로, 『인도, 음식으로 말하다』를 출간하는 데 많은 도움을 주고 인도 음식 탐방의 좋은 동반자이자 부카라에서의 만찬을 함께해 준 김지애 씨에 대한 고마운 마음을 드라마 〈도깨비〉의 대사처럼 전하고 싶다.

"인도에서 함께한 모든 시간이 즐거웠다. 괴로운 미세먼지도, 아름답던 타지마할도, 매일 먹은 인도 음식도, 모든 것이 좋았다. 고맙다."

인도, 음식으로 말하다

글·사진 | 현경미

1판 1쇄 인쇄 2020년 1월 6일
1판 1쇄 발행 2020년 1월 11일

펴낸이   현경미
펴낸곳   도서출판 길나섬
주소   서울시 금천구 서부샛길 606
            대성디폴리스센터 A동 2806호
전화번호   010-2435-8845
전자우편   gilnasumbooks@naver,com
출판등록   2014년 5월 8일 제2014-000009호

책임편집   김한나
디자인   VORA design
인쇄   신아칼라

ISBN 979-11-952888-9-2 03800
값 16,000원

* 이 도서의 국립중앙도서관 출판예정도서목록(CIP)은 서지정보유통지원시스템
홈페이지(http://seoji.nl.go.kr)와 국가자료종합목록 구축시스템(http://kolis-net.nl.go.kr)에서
이용하실 수 있습니다. (CIP제어번호 : CIP2020000058)